Johannes Conrad

Zahm wie ein halber Frosch

Eulenspiegel

ISBN 978-3-359-02241-1

Umschlaggestaltung: Andreas Fack
unter Verwendung von Motiven von Johannes Conrad
Druck und Bindung: CPI Moravia Books GmbH

Ein Verlagsverzeichnis schicken wir Ihnen gern:
Eulenspiegel · Das Neue Berlin Verlagsgesellschaft mbH & Co. KG
Neue Grünstr. 18, 10179 Berlin
Tel. 01805/30 99 99
(0,14 €/min. aus dem deutschen Festnetz,
abweichende Preise für Mobilfunkteilnehmer)

Die Bücher des Eulenspiegel Verlags erscheinen
in der Eulenspiegel Verlagsgruppe.

www.eulenspiegel-verlag.de

Inhaltsverzeichnis

Die strapaziöse Reise nach Afrika

Henry Bartel, Hildegards Neffe, der dauernd arbeitslos ist, obwohl er bereits als Elfjähriger Riashörer war, hat als Junge noch höchstpersönlich das Fach fakultativ Nadelarbeiten in der Schule gehabt – vermutlich aus vormilitärischen Gründen, wie Tante Hanne sagt. Jedenfalls kann Henry noch heute aus dem Effeff Knöpfe annähen! Aber als er mir und der Tante, die aus Hamburg zu Besuch da war, an einem Tag im März in Bartels Wohnküche seinen Daumenverband zeigte und uns mit heftigem Armrudern erzählte, wie er am Vortag das alte, schartige Küchenmesser geschärft hat, bis es Zigarettenpapier schnitt, und wie er dann mit dem alten, schartigen Küchenmesser für Großmutter Bartel wie der Satan Buschbohnen geschnippelt hat, und wie er plötzlich beim Schnippeln mit dem alten, schartigen Küchenmesser abgerutscht ist, da bekam ich dann doch etwas stumpfe Zähne!

Weil nun aber unsereiner, auch wenn er keinen Daumenverband trägt oder deutscher Dramatiker ist, seinen Frust ebenfalls loswerden will (der Fernseher hört ja nicht zu!), wollte nunmehr ich, weil jeder mal dran ist, Henry Bartel erklären, dass heutzutage keiner mehr was für den anderen auf sich nehmen will, um ihm dann – denn das Tierreich zieht immer – zu erzählen, wie unsere Katze im letzten Jahr auf dem Balkon einen Zitronenfalter gefressen hatte, was sie in einem zoologischen Staat sicher auf den elektrischen Stuhl gebracht hätte. In unserer demokratischen Wohnung aber konnte es sich die alte, dicke Ziege leisten, mit einem Stück Flügel im Maul selbstbewusst durch den Korridor zu latschen, die Menschenfresserin! Als hätte sie einen kleinen Engel mit gelben Flügeln verspachtelt! Und der Korridor schrie nicht einmal auf vor Entsetzen!

Das wollte ich Henry Bartel zuerst unterbreiten, und wenn er sich an meine Stimme und das Tierreich gewöhnt hätte, wollte ich ihm brutal entgegenknallen, dass auch der Mensch, vielleicht sogar sein heißgeliebter Bundeskanzler, Schmetterlinge verspeisen würde, eventuell als Saumagen oder mit Kaperntunke, wenn sie nur etwas größer und fetter wären, worauf ich zur Beschimpfung der uns wie eine widerliche Krake umklammernden Bürokratie übergegangen wäre und als Höhepunkt sozusagen die elende Lahmheit der SPD angeprangert hätte, gegen die ja die heutige CSU der reinste Spartakusbund ist. Leider aber konnte ich gerade mal sagen, dass heutzutage keiner mehr was für den anderen auf sich nehmen will, da fuhr Henry auch schon dazwischen und erklärte mir und der Tante mit dem Gesicht eines beleidigten Wunderheilers, dass Maria Schell, wie er im Fernsehmagazin seiner Tageszeitung gelesen habe, für die Dreharbeiten an einer Fernsehfamiliensaga sogar die strapaziöse Reise nach Afrika auf sich genommen hatte, ob das nicht wunderbar wäre? Obwohl ich noch nie in Afrika gewesen bin, versetzten mich Henrys Worte in einen eigentümlichen Pustebackenzustand, wie ich es einmal nennen möchte. So musste sich ein frisch aufgeblasener Frosch vorkommen! Schließlich war Afrika unverschämt weit weg, das konnte man auch als Laie zugeben, selbst wenn man es nicht wunderbar fand, dass Maria Schell die strapaziöse Reise nach Afrika auf sich genommen hatte. Kapstadt zum Beispiel war 10 000 Kilometer von uns Deutschen entfernt. In DM waren das 100 Fahrradketten! Oder 12 500 kleinere Schokoladenosterhasen! Ich wusste zwar nicht, wohin Maria Schells strapaziöse Reise gegangen war, aber mein Bruder Paul, der in ihrem Alter ist, wenn auch altbackener, war im letzten Jahr mit dem Bus in Spanien und danach fix und fertig. Bis Afrika hätte er so eine Busfahrt niemals durchgestanden!

Oder Willi Paschelke, der das Hausbuch in unserem Haus geführt hat und noch heute so aussieht, der ist Mitte Februar mit dem Fahrrad nebst Anhänger nach Bernau, einen alten Nähtisch für seine verwitwete Schwägerin in der Sredzkistraße holen. Danach hat er fortwährend den Kopf schütteln müssen und drei große Flaschen Sprudelwasser leergetrunken, obwohl Bernau weiß Gott nicht Afrika ist und Willi Paschelke seine alte Krücke von Fahrradanhänger gewöhnt sein müsste!

Vermutlich aber hatte Maria Schell ihre strapaziöse Reise nach Afrika weder mit dem Bus noch mit irgendeinem Fahrrad nebst Anhänger auf sich genommen. Und ob sie danach fortwährend den Kopf hatte schütteln müssen, war auch noch nicht raus! Darum wollte ich Henry erklären, dass beispielsweise ich es nicht wunderbar fände, dass Maria Schell die strapaziöse Reise nach Afrika auf sich genommen hatte! Rechtzeitig bemerkte ich aber, wie mich Tante Hanne vom Wohnküchensofa aus lauernd beobachtete. Vermutlich erwartete sie eine ostdeutsche Bemerkung von mir! Den Gefallen tat ich ihr aber nicht, sondern nun erklärte ich den beiden natürlich sofort begeistert, dass ich es ebenfalls wunderbar fände, dass Maria Schell die strapaziöse Reise nach Afrika auf sich genommen hatte. Hierauf wurde es in Bartels Wohnküche, vor lauter Nachdenklichkeit so still, dass man den lieben Gott atmen hörte.

Es war aber dann nur, wie meist beim lieben Gott, die Waschmaschine von Zarneckes, eine Treppe höher. Darum sagte ich behutsam: »Maria Schell lacht ja auch immer, Henry!«, worauf Henry, der eine Gemeinheit aus meinen Worten herauszuhören glaubte, etwas schrill erwiderte, dass er es auch weiterhin wunderbar fände, dass Maria Schell die strapaziöse Reise nach Afrika auf sich genommen hatte! Natürlich erwiderte ich sofort, dass ich es, wie gesagt, ebenfalls wunderbar fände, dass Maria Schell die strapaziöse Reise nach Afrika auf sich genommen hatte, doch wunderbar würde ich es eben auch finden, dass Erich Böhme, der vier Jahre lang Herausgeber der Berliner Zeitung war, zwar keine strapaziöse Reise nach Afrika auf sich genommen hatte, aber im Januar bei seinem Weggang von der Berliner Zeitung, wie mir gerade einfalle, eine Abschiedsgala für 400 Gäste gegeben hatte!

Das erwiderte ich, worauf nun wieder Henry erwiderte, dass er das ebenfalls wunderbar fände, aber eine Abschiedsgala für 400 Gäste würde er auch auf sich nehmen, wenn er mal vier Jahre lang hintereinander Arbeit hätte.

»Erich Böhme lacht ebenfalls immer, Henry!«, sagte Tante Hanne beruhigend, und ich warf tröstend ein:

»Egon Krenz lacht nicht mehr immer, aber Wolfgang Lippert lacht schon wieder!« – »Selbst Ulrich Wickert lacht immer!«, rief die Tante, die viel herumkam (in Afrika war sie aber noch nicht!), und Henry setzte überrascht hinzu: »Auch Thomas Gottschalk lacht immer!« – »Und Harald Schmidt lacht ebenfalls immer, Henry!«, fuhr ich fort. »Und Dieter Hallervorden lacht sowieso immer!«, stammelte Henry, worauf Tante Hanne auf Hamburgisch sagte: »Der ehemalige Gatte von Margarethe Schreinemakers, ich komm jetzt nicht auf den ollen Namen, lacht auch immer!« – »Die lachen alle immer!«, rief ich, doch Henry erwiderte sofort aufgebracht: »Aber ob sie auch Knöpfe annähen können, das ist noch lange nicht raus!« Hierauf hörte man wieder ein wenig den lieben Gott atmen, bis Tante Hanne abschließend formulierte: »Bloß wunderbar, Kinners, dass Maria Schell die strapaziöse Reise nach Afrika auf sich genommen hat, da hat man doch nun wenigstens einen Eindruck!« Dann wurde es noch ein ganz erträglicher Nachmittag auf Bartels Wohnküchensofa. Eine große Flasche Korn machten wir leer und begannen, den Frühling zu ahnen, Tante Hanne, Henry Bartel und meine bescheidene Persönlichkeit, welche der Himmel behüten möge in Wind und Sturm, denn nicht nur das Leben ist ein wackliges Ei, auch der Mensch ist es!

Es lebe unsere tägliche Zeitung!

Gegen die bayerischen Schickimickis der Münchner Bussigesellschaft kommt mir beispielsweise ein in meiner Tageszeitung veröffentlichter Mensch mit Irokesenhaarschnitt wie Veilchenseife vor, manchmal jedenfalls! Auch der oft erscheinende Rolf Hochhuth von der Ilse-Holzapfel-Stiftung beginnt dann zu duften. Noch veilchenseifiger ist natürlich Nadja Auermann. Und auf der lokalen Ebene duftet Lotti Huber dahin, die sündige Greisin, im hauptstädtischen Kopfsteinpflastermilieu auch Grande Dame Scandaleuse genannt, was französisch ist, woran selbst die Bonner, die ja auch nicht arm an Kopfsteinpflaster sind, erkennen können, wie weltstädtisch Berlin daherkommt. Wir hatten ja sogar mal die Kettenraucherin Lola Montez hier und im Schloss die WEISSE DAME, einen richtigen Geist namens Agnes von Orlamünde. Etwas später tauchten auch noch Erichs Margot und die Drei vom Grill auf. Und Harald Sinatra, die blaue Bohne! Und Hilde Knef (70) natürlich, die schon seit Jahrzehnten einen Koffer hier hat. Jetzt sogar eine Wohnung! Kein Wunder, dass schon Heinrich Heine sagte: »Berlin ist auch eine schöne Gegend!«

Trotzdem hat man in der Prenzlauer Allee einen Dreck von der Biennale gemerkt. Jodie Foster beispielsweise und John Travolta sind hier nur als Zeitungsmeldungen gesehen worden. Aber Rosa von Praunheim ist erschienen! Natürlich ebenfalls nicht in der Prenzlauer Allee, denn hier sieht's in den Büschen seit Jahren aus wie bei Hempels unterm Sofa. Sondern auf der Berlinale Party, wie ich las. In einem in New York gekauften silbernen Paillettenfrack, also auch wieder wie Veilchenseife, was sogar unseren Opa bezaubert hat, gerade jetzt, sagt er, wo zwei seiner Neffen arbeitslos geworden sind!

Außerdem nimmt man, las ich, weil er mit Pflanzen spricht, Prinz Charles übel, dass er mit Pflanzen spricht. Dazu kann ich nur sagen: Mit Pflanzen spreche ich auch, das schadet den Pflanzen überhaupt nicht! Doch die Hasen werden immer seltener, fällt mir ein. Und Berlin muss bluten wegen des Milliarden-Lochs. Unser Opa hält sich schon immer die Nase zu, wenn er MILLIARDEN liest, sitzt beim Zeitunglesen nur noch mit zugehaltener Nase da, der alte Mann, und kriegt langsam einen Wasserkopf von den beschissenen Finanzen! Dazu hat die Erde sechs Milliarden Bewohner, las ich, weshalb wir bald nach unten durchbrechen werden, ich seh's kommen. Und die dauernden Erhöhungen! Nur man selber wird nicht erhöht, sagt unser Opa. Und die Ostrenten immer langsamer! Außerdem werden nur noch Erfindungen produziert, sagt er, die uns Menschen überflüssig machen. Bald werden sie uns ganz wegerfunden haben!

Das alles fällt einem schon morgens beim Zeitunglesen auf die Kakaladuse, um es mal so zu nennen, obwohl ich auch Kalebasse hätte sagen können. Oder Frikadelle! Und an den Wochenenden fallen auch noch zwei Dutzend Seiten Immobilien drauf. Plötzlich befinden sich im märkischen Sand, wo früher nur die Kartoffelbraunfäule existierte, pro Zeitung 24 Seiten voll Immobilien, lauter

Edelsteine! Die Leute in Bonn wissen das ja gar nicht! Aber Berlin untertunneln lassen wollen sie! Vermutlich bis nach Bonn, sagt unser Opa, damit sie sich nach dem Umzug immer mal per Rohrpost an den Busen von Vater Rhein schießen lassen können, zum Schießen, was? Obwohl wir doch hier sogar neue S-Bahnzüge bekommen, in Stromlinienform, die Sitzbezüge hellblau, etwas Nierentisch kommt durch und etwas Barbiepuppe, wie bei manchen Abgeordneten eben; und er braucht keine Regierung, sagt unser Opa, zur Not regiert er sich auch selber!

Aber das hatten wir ja schon. Außerdem ist immer noch Frühling. Sogar im schamlosen Krawall vor meinem Fenster explodiert was, das muss sein! Dabei war es hier vor zwei Monaten so still, dass man den Schnee unter den kleinen Pfoten der Kohlmeisen knirschen hören konnte. Da trugen die Frauen noch allerlei seltsame Kopfbedeckungen durch den Frost, regenwolkenartige Barette zum Beispiel, in denen außer dem dafür vorgesehenen Kopf noch ganze Suppenhühner hätten Platz finden können. Verkorkste Buttercremetorten kamen vor und Samtkolosse, bei deren Anblick man einen Drang zum Aufheulen verspürte. Es gab aber auch Ungetüme wie notgelandete fliegende Untertassen oder wie das einem abgestürzten Heißluftballon ähnelnde Paradekissen, das sich unser Opa seit vierzig Jahren beim Nachmittagsschlaf aufs Gesicht legt, um damit zu werfen, wenn ihn jemand stört, darum atmet er auch so schwer, wenn er sich nicht die Nase zuhält! Hoch über den Hüten aber und unbeeindruckt von Menschenwerk ließen sich freche wilde Vögel in Schwärmen durch des Himmels Ergötzlichkeit fallen und kreischten wie Klaras Nichten auf der Achterbahn. Weil endlich Winter war, Leute! Weil die Fische nicht mehr an Land gehen konnten und die Selbstmörder nicht mehr ins Wasser, wenn sie nicht schon drin waren. Ein herzerwärmender Anlass, wieder mal ans Leben zu glauben, die reinste Psychotherapie, man hätte sich sofort politisch betätigen mögen! Ich habe zwar keine 68er Vergangenheit, auf die ich stolz sein könnte, und meine Stimme ist, mit Respekt gesagt, so wie Charles Laughton als Glöckner von Notre Dame ausgesehen hat, aber da begann ich zu singen!

Leider gibt's keine Zeitung wie dieses Wetter, weshalb ich beim Zeitunglesen schnell mal wieder mit den Zähnen zu knirschen begann. Manchmal möchte man sich eben ausknipsen können, was? Wer aber knipst einen dann wieder an? Zudem sind wir Männer, las ich, in fünfzig Jahren sowieso zeugungsunfähig. Weil die Spermien abnehmen, unsere lustigen Samentierchen! Vermutlich nehmen die Dinger aber nur darum ab, weil wir fortwährend mit angstverkrümmten Eiern in der Zeitung lesen müssen, dass die Dinger abnehmen? Wir Männer, sagt meine Frau, könnten uns aber doch wenigstens noch einen Nasenschnauzer wachsen lassen, wenn sonst nichts mehr klappt, die Frauen könnten nicht mal das! Wenn sie recht damit hat, ziehen wir in fünfzig Jahren Nasenschnauzer groß! Im Leben ist eben nichts vollkommen! Nicht mal die SED mit ihren 88 000 Parteisekretären war's. Und wir östlichen Nachwendedeutschen sind's ebenfalls nicht, obwohl wir so unerhört schlicht und menschlich sind! Vielleicht ist es gerade mal die eingangs erwähnte Nadja Auermann? Vielleicht sind's noch einige eierlegende Vögel? Und richtig fertig ist auch nichts, höchstens man selber und ganz speziell heute, wo ich beim Zeitunglesen den Eindruck habe, dass das Dasein trotz Döner Kebab und hellem Bier manchmal ganz schön zum Kotzen ist und der liebe Gott Christoph Schlingensief heißen muss. Glücklicherweise nur manchmal, denn immerzu würden das nur solche Leute verkraften, die sowieso zum Fenster rausspringen wollen oder für den SPIEGEL schreiben. Und keiner kommt, bis auf meinen Enkelsohn Arthur vielleicht, der einem mal leise ins Ohr sagt, dass es sich trotzdem lohnt! Obwohl's so viele Fingerschnipser gibt! Woran soll man sich da noch halten? Hoffentlich machen's die jungen Vögel nicht mal unseren Spermien nach und bleiben in den Eiern, weil sie Angst vorm Fliegen haben! Und jetzt muss ich erst mal Katzenstreu holen gehen, Katzenstreu und Opas reparierte Lesebrille, weil er heute noch keine Zeitung gelesen hat, sagt er, und sonst verrückt wird, woran man erkennt, dass man auch ohne Zeitung verrückt werden kann. Es lebe die Zeitung!

Lohnt sich's überhaupt?

Jetzt, wo das Jahr noch wie ein erstauntes Kalb vor uns steht, frage ich mich ebenfalls erstaunt, ob sich's überhaupt lohnt, dass man da ist und so weiter, ganz speziell für uns Leute hier im Osten, die von der vielen Freiheit schon Köpfe wie Rühreier haben, was Einigen natürlich recht geschieht, das haben sie davon! Trotzdem lohnt sich's möglicherweise doch, denn mein Vetter Eduard Niemeier stammt auch aus dem Osten, und bei dem klappt's! Angesichts meines Vetters Niemeier hellt sich das Leben jedenfalls auf, es rauscht in den Schachtelhalmen! Aber auch am 21. 2. 96, einem verschmitzten Mittwoch mit Schnee, hat sich's gelohnt, scheint mir, da war ich, wie ich meinem Taschenkalender entnehme, zwei Stunden lang glücklich, weil ein Säugling in der Husemannstraße aus seinem Kinderwagen heraus »Wapp!« zu mir sagte. Als wollte er zuschnappen sozusagen! Wie beim Anblick eines Pfannkuchens! Und am 20. August, einem Dienstag, hat sich's ebenfalls gelohnt, und zwar in Grolls Freizeitzentrum in Schildow, mitten im Kiessee, in meinen alten Frotteebadehosen unter vielen hässlichen Halbnackten, wo man nicht auffiel. Auch juchzte die wilde Ente gar köstlich! Ein hübscher runder Sommertag war's, das muss man schon sagen, allererster Streuselkuchen, 25 Grad Wassertemperatur!

Und in meiner östlichen Jugend war ich manchmal glücklich, na ja. Obwohl's damals außer vielen großen Schweinen auch noch den Rektor Junge gab, einen bösartigen Schrumpfgermanen im schwarzen Gehrock, der uns pausenlos das große Einmaleins abhörte und mit dem Rohrstock den Takt dazu schlug. Aber ich trug's gelassen, weil ich mir auf dem Nachhauseweg allerlei glückliche Momente vorstellte, zum Beispiel, wie ich als der berühmte Filmschauspieler Wolf Albach-Retty an der Seite unseres Schulrats ins Klassenzimmer trat und Rektor Junge, der Hund, weinend vor mir auf die Knie fiel. Ein noch größeres und flackernderes Glück ergriff mich freilich, wenn unser Vater mir und meinem Bruder Paul erlaubte, abends den lebensgefährlichen Londoner Rundfunk oder das noch lebensgefährlichere Radio Moskau mitzuhören. Da lohnte sich das Leben mächtig, obwohl draußen – zu unserem Glück immer mit Geräuschen – der Blockwart Laube seine Runde machte. Und nur zwei Häuser weiter kochte Tante Trude Niemeier einen exorbitanten Grünkohl in die Welt hinein. Mitten im Laubeschen Furz und Muff und Stiefelwichs roch's bis zum Himmel hoch nach Tante Trudes Grünkohl mit Schweinebauch, und der ferne Londoner Rundfunk machte »Bumbumbumbum« dazu, das war Sachsen, mein süßer Heimatstern. Vergangene Düfte, vergangener Schweinebauch. Nur mein Vetter Eduard Niemeier ist noch da! Helmut Kohl muss sich beispielsweise gar nicht soviel darauf einbilden, dass er wie Helmut Kohl aussieht, denn Eduard Niemeier sah schon als Kind, wo vielleicht noch nicht mal Helmut Kohl wie Helmut Kohl ausgesehen hat, wie Helmut Kohl aus, ein großer, dicker Klotz, der viel lächelte und oft nickte.

»Ä fieschälandor Dschungä!«, sagte Eduards Vater,

unser Onkel Karl, mit seiner gütigen Bassstimme dazu, die, obwohl Onkel Karl nur Vorarbeiter in der Glasfabrik von Neitzel & Noske, später »VEB Hohlglas BANNER DES FRIEDENS, Werk 2«, heute pleite, war, eine so grauenhafte Tiefe hatte, dass man vor Wut aus dem Fenster springen wollte!

Vermutlich war es die tiefste Bassstimme Sachsens, mit der Onkel Karl »Ä fieschälandor Dschungä!« sagte, schrecklich! Aber er hatte recht damit! Jahr für Jahr im Dezember nämlich musste Tante Trude wie ein absonderliches dickes Huhn durch ihre mit Glasfabrikklotzholz überheizte Wohnküche hüpfen wegen der 968 zusammensteckbaren, dort zweiteilig und sogar dreiteilig über Kreuz aufgestellten Tannen, die Eduard Niemeier im Laufe der Jahre mit der Laubsäge aus ebenfalls der Glasfabrik entnommenem Sperrholz gesägt und mit grüner, erstaunlicherweise auch der Glasfabrik entnommener Nitrofarbe angepinselt hatte, nur Tante Trudes Schweinebauch stammte nicht aus der Glasfabrik!

Darum roch Eduard immer etwas süßlich nach Sperrholz und etwas säuerlich nach Nitrofarbe, ein tüchtiger, deutsch riechender Junge, in dessen Nähe meinem Bruder dauernd das Wasser im Munde zusammenlief, weil Eduard, sagte er, für ihn etwas Senfgurkiges hatte, woraus natürlich der Neid sprach, denn so schöne, vielzackige Laubsägearbeiten wie Eduard Niemeier hätte mein Bruder nie anfertigen können, er hätte sich sofort in die Nase gesägt dabei, sich die Zunge mit dem Drillbohrer durchbohrt, die Fensterscheiben zertrümmert, das Hausdach abgedeckt, unsere geliebten Eltern aus

Sachsen vertrieben! Außerdem hörten wir abends Radio Moskau und Londoner Rundfunk, wir hatten gar keine Zeit fürs Laubsägen!

Eduard Niemeier aber hatte. An den Nachmittagen lag er außerdem in seiner Jungvolk-Winteruniform mit zusammengeschlagenen Hacken, Plätzchen verteilend, schniefend und senfgurkig zwischen uns auf dem Bauch, wenn wir seine Tannen berochen. Vorausschauenderweise stellte er im Laufe des Krieges immer mehr Elastolinfiguren dazwischen auf, wie zum Beispiel SS-Männer, marschierend, SA-Männer, strammstehend, RAD-Männer mit Spaten, Infanteristen, schießend, 1 Hitler mit beweglichem Arm, 3 Goebbels in Heil-Stellung, 7 Göring mit Marschallstab, Hitlerjungen, schinkenklopfend, und NSKK-Männel mit Beiwagenmotorrädern, zusammen, außer putzigen Kanonen, Schwimmpanzerwagen und Kampfflugzeugen, 483 Figuren, o du fröhliche!

Diesen Schatz trug unser Vetter im Frühjahr '45 in einem großen Margarinekarton auf Niemeiers Dachboden und dampfte nach seiner kurz darauf in Onkel Karls Glasfabrik beendeten Schreinerlehre über die grüne Grenze in die britische Zone ab. Nach Gelsenkirchen an den Rhein-Herne-Kanal zu Tante Irmchen! Deshalb hat er heute, außer 970 Mark mehr Rente als ich, ein viel größeres Selbstbewusstsein und viel weniger Schuldgefühle als mein Bruder, was diesen neulich zu der Bemerkung veranlasste, dass wir damals alle nach Gelsenkirchen hätten abdampfen sollen, die ganze Ostzone nach Gelsenkirchen, dann könnte der SPIEGEL heute nicht dauernd mit dem Finger auf uns zeigen! Doch wie er den Laden und den damals wegen unserer Radio-Moskau-Hörerei sicherlich vergnatzten Herrgott kenne, sagt mein Bruder, wären die Russen und Walter Ulbricht dann von obenrum über Stettin, Hannover und Bielefeld einmarschiert und der ganze Westen nebst Tante Irmchen hätte wegen uns zwei kleinen Kerlen ebenfalls in der Ostzone gelegen. Die können heilfroh sein, sagt mein Bruder, dass wir hiergeblieben sind, irgendwer hätte schließlich den Krieg richtig verlieren müssen.

»Aber gelohnt hat sich's trotzdem, wir sind gute Menschen geworden auf volkseigener Heide!«, sagte Paul, der immer solche Sachen sagt. Als wäre nicht sogar schon Jesus damit auf die Schnauze gefallen! »Wir hätten lieber laubsägen und Elastolinfiguren sammeln sollen in unserer Jugend, Paul!«, rief ich darum sofort, weil Eduard Niemeier im letzten Herbst bei einem Besuch in Sachsen seine immer noch existierenden 483 Elastolinfiguren vom Dachboden seiner Schwester geholt und sie in Gelsenkirchen für ein kleines Vermögen verscherbelt hatte! Für dieses Geld erwarb er 160 Telekom-Aktien und ist jetzt dank Hitler mit dem beweglichen Arm Telekom-Aktionär!

»Daran erkennt man«, sagt mein Bruder, »dass wir Hiergebliebenen nicht nur die Gelackmeierten waren, sondern auch sind!« Selbst wenn wir den SPIEGEL und Wolf Biermann wegen uns um Verzeihung bäten und, weil doch die Regierenden in unserer deutschen Hauptstadt diesen dauernden Kampf gegen die Hundescheiße führen müssten, flugs zur Laubsäge griffen und kleine, zusammensteckbare Hundescheißhäuser aus Sperrholz anfertigten, wären wir die Gelackmeierten, sagt mein Bruder. Ob sich's aber weiterhin lohnt, sagt er nicht!

Über die Freundlichkeit von Käsebrötchen

Immer lustig sein, ist wahrscheinlich überhaupt nicht lustig. Dann und wann sollten wir ruhig mal laut losheulen oder ein Sinfoniekonzert besuchen. Weil wir nämlich sowieso sterben müssen! Aber dass sie uns, bitte sehr, vorher mal was von Gott sehen lassen, dass, bitte sehr, fällt den dafür zuständigen Aphoristikern und Didakten trotzdem nicht ein. Oder hat sich Gott vielleicht schon verwuselt? Hat er sich verwuselt, weil er genug von uns hat? Ich weiß es nicht, aber mir ist Himbeerkompott sowieso lieber. Himbeerkompott steht bei mir im Kämmerchen im Regal, Gott nicht! Manchmal, wenn ich es in mich hineinlöffle und vor Behagen stöhne, ist mir freilich so, als bestände Himbeerkompott zum Teil aus Gott oder Gott zum Teil aus Himbeerkompott. Manchmal glaube ich sogar, dass auch Gewürzgurken göttlichen Ursprungs sind. Schon bei ihrem Anblick bejahe ich die Schöpfung.

Wenn ich zum Beispiel von Gott, der sich vielleicht doch nicht verwuselt hat, die Anweisung bekäme, alle Gewürzgurken Berlins so zu krümmen, wie ich sie gekrümmt haben möchte, würde ich sie auch nicht krümmer krümmen, als sie sind. Man muss nicht alles kaputtkrümmen wollen, nicht mal in Berlin! Selbst dem alten Fritz, der ja nun weiß Gott ein großer Krümmer war, ist die nicht übermäßig krumme Kartoffel krumm genug gewesen, darum hat er sie eingeführt. Warum sollten wir es krummer haben wollen als der alte Fritz? Himbeerkompott ist überhaupt nicht krumm und beglückt trotzdem. Fürs Krumme reichen mir Hörnchennudeln und die krummen Hunde, die mir durchs Telefon »Na, Sie alter Affe!« zurufen.

Aber gestern war's anders. Gestern rief mich einer an und fragte: »Ist da Klaviertransporte Wiedehahn?« Das machte mir klar, dass sich der Mensch nicht umhauen lässt. Obgleich er zum Beispiel sein ganzes Leben mit sich zusammenleben muss, springt er nicht etwa aus dem Fenster oder nimmt Rattengift ein, sondern er lässt sich von der Firma Wiedehahn ein Klavier in die Wohnung stellen und haut in die Tasten wie Amadeus Webersinke. Und mit 65 geht er in Rente, weil der Mensch mit 65 in so was zu gehen pflegt. Wäre er freilich kein Mensch, sondern beispielsweise eine Fichte, würde er in meinem Alter zwar 25 Meter hoch sein, bekäme aber keine Rente, sondern von der Bodenübersäuerung braune Spitzen! Da schwimmt man doch lieber manchmal in Tränen und isst Himbeerkompott dazu, oder? Außerdem wüsste ich überhaupt nicht, was ich so alleine da oben soll.

Wenn nur die Zeit nicht so schnell vergehen würde! Eben war die Mauer noch 161 km lang, und schon sind's bis zum Jahr 2000 nur noch 2 Jahre oder in Pfund ein Kilo, was gerade mal 1 000 Gramm Gummibärchen wären. Und das Jahr 2000 ist nicht besser dran, denn wenn es in Kilo aufträte, wöge es nur 2 Tonnen, das sind lächerliche 40 Zentner Sauerkohl oder Fahrradklingeln. Was kommt da außer dem Euro bloß auf uns zu? Die Zeit, ich stelle das hier einmal ganz lakonisch fest, ist eine unberechenbare Chimäre, eine alte, unruhige Kuh ist sie, und die Zukunft wimmelt von Basiliskeneiern wie etwa von Automobilen!

Beispielsweise weiß ich schon seit 1987, wo ich zum dritten Mal durch die Fahrprüfung gefallen bin, dass der intelligente Mensch gar kein Auto benötigt, die Bahn reicht ihm. In der Bahn kann er beispielsweise bis nach Düsseldorf oder Hamburg-Knesebeck hin und her laufen. Und will er partout nicht auf sein blödes Auto verzichten, kann er sogar mit dem Auto Bahn fahren und sollte hier nicht noch fragen, ob er auch mit der Bahn Auto fahren kann! Wenn das Auto jedenfalls eine natürliche Sache wäre, wie Herbert Weitzel behauptet, hätte es die Natur, denke ich, schon vor Daimler und Benz auf Bäumen wachsen lassen. Oder wie die Rüben auf dem Acker! Dann wären Daimler und Benz gar nicht nötig gewesen, eine schöne Pleite. Wenn's außerdem, wie ich hinzufügen möchte, statt der vielen kleinen Auspufflöcher ein einziges großes Auspuffloch auf Erden gäbe, müsste Herbert Weitzel sowieso die Schnauze halten.

Trotzdem bin ich neulich mit ihm zu seiner Schwester nach Sachsen. Wegen einiger Zentner Äpfel, weil Herbert Miteigentümer der ehemaligen elterlichen Apfelbäume ist und im Winter Apfelsaft für den Eigenbedarf herstellt: auf dem Gasherd in einem merkwürdigen, vermutlich noch aus der Alchimistenzeit stammenden Apparat, einer Art von Papin'schem Topf, der beim Entsaften so einen Krach macht, als wollte er jeden Moment in die Luft gehen. Jedenfalls sind wir hinaus aus dem ollen Heulebums und Krachdudel Berlins, sind mit Herberts Opel Kadett, der dem Entsafter stark ähnelt, über's Adlergestell auf die Autobahn, wo der Himmel hoch war wie mehrere Himmel übereinander – und plötzlich tat sich die Welt sperrangelweit vor uns auf, na, bitte sehr!

Unglücklicherweise konnten wir aber infolge der einsetzenden Staugeschehnisse nur langsam-schnell, langsam-schnell, langsam-schnell fahren. Es war rein zum Verblöden, das Kohlendioxyd klumpte sich vor unserer Windschutzscheibe wie Staucherfett (oder es war Staucherfett!), und Herbert führte mir seine gespeicherten Musiksendungen vor. Tausende kamen zusammen, ehe uns Herberts Schwester Lili in die Arme schließen konnte. Da pfiff der Birkenzeisig!

Obwohl ich vor allem, weil es Herbert im Kreuz hatte, wegen der Säcke mitgekommen war, trug uns Herberts Schwager, eigentlich ein Mensch wie ein Nierentisch, kurz vor unserer Abfahrt die zwei Doppelzentner Saftäpfel in den Wagen. Ohne jeden Laut. Als trüge er Federbetten. Und nicht einmal seine Beine verbogen sich dabei. Mir war's recht. Zu Hause ausladen musste Herbert das bleischwere Zeug sowieso alleine! Mir waren die Säcke schon beim Zusehen in die Knochen gefahren. Vielleicht lag's an der guten sächsischen Luft, die frisch und wild war wie die amerikanische Healthy-Soap nach dem Krieg. Meine Ohren waren lange nicht mehr so kalt gewesen, nur ein Huhn gackerte hitzig.

»Ich gäb euch noch ä scheenes Käsebrodel mit off dä Fahrt!«, sagte Herberts stämmige Schwester und packte uns vier Doppelsemmeln mit Käse ein.

Trotzdem gerieten wir auf der Autobahn gleich wieder in den Stau. Hochmütig blickte Herbert nach vorn. Ich glaube, wenn wir fünf Stunden lang auf der Stelle stehen geblieben wären, hätte er immer noch gedacht, dass wir fahren. Autofahrer sind so! Vermutlich kommt's von den Benzindämpfen. Aber durch die Äpfel lag der Wagen schön breitärschig und gluckengleich auf der Straße. Wie die Eier im Nest kamen wir uns vor und begannen Lillis Käsebrötchen zu verspachteln. Dazu spielte mir Herbert pausenlos gespeicherte Oldies vor, die aber dann in einer Raststättentoilette von der dortigen Blasmusik abgelöst wurden. Das entkrampfte ordentlich. Ich konnte sogar etwas weinen.

Als es auf dem letzten Abschnitt der Reise sogar noch zu schneien begann, stellte Herbert verwundert die Musik ab, worauf es im Auto kräftig nach Äpfeln duftete und ich in einem kurzen Erschöpfungshalbschlaf hohe, seltsame Träume träumte, die manchmal wie Herberts Entsafter waren, manchmal aber auch wie Kirchtürme in musiklosen, menschenleeren Gegenden, vermutlich im Paradies. »Je älter ich werde, um so öfter läuft mir die Nase!«, sagte Herbert wie aus weiter Ferne, worauf ich zu träumen aufhörte und mein letztes Käsebrötchen in Angriff nahm.

»Vielleicht ist Gott auch zum Teil ein Käsebrötchen«, dachte ich und nickte vorsichtig dem Leben zu, obwohl Herbert schon wieder die Musik angestellt hatte. »I've got my love to keep me warm«, sang jemand. Zu Lilis Käsebrötchen klang das aber nicht übel.

Was mir damals im Elbsandsteingebirge passierte

»Schafe blöken so entsetzlich menschlich, dass man glaubt, da rufe einer fortwährend ›Mama!‹ in die Nacht hinein«, dachte ich neulich, als ich wegen meiner heißen Füße ganz unschuldig im Schlafanzug auf dem Balkon stand und plötzlich dieses unheimliche Blöken hörte. Aber dann war's wieder nur ein Säufer, der sich ausblökte, mähmäh! Warum hätte morgens gegen vier auch ein Schaf in der Prenzlauer Allee auftauchen sollen? So spendabel war das Leben nicht. Außerdem hatten es andere Straßen nötiger. Melancholisch beobachtete ich, wie sich der Besoffene, mäh mäh, in Richtung Danziger Straße trollte, fahr hin, du armes, charakterloses Vieh, Hund miserabler!

Dann schien's, als hielte der Himmel sekundenlang den Atem an. Plötzlich aber schob sich hinter dem Bezirksamt Berlin-Prenzlauer Berg, an den östlichen Rändern der Welt, wo es keine Ladenschlusszeiten, keine Idioten und keine Neonazis gibt, blasslila, unverschämt breit und still wie ein Segelschiff der Morgen über unsere geliebte, oberschlaue deutsche Hauptstadt. Da fuhr mir ein frommer Schauer durchs Gekröse! Neulich morgens um vier war's, in heiliger Frühe, als meine Füße kochten und ich einen Hemdzipfel Gottes erblickte – ganz schön stimmungsvoll, was?

Gleichzeitig klingelte es in meinem Kopf, und ich musste an das Elbsandsteingebirge denken. Dort hatte ich zirka 1000 Jahre zuvor schon einmal so einen Morgen erlebt, wenn auch nicht auf dem Balkon. Weil Sie doch neulich, als Sie sich im Urlaub in der Steiermark den Fuß verstaucht hatten, Frau Priwitzke, meine Frau gefragt haben, ob uns auch schon mal was in den Bergen passiert ist! Es ist, Frau Priwitzke, es ist! Und zwar mir! Und sogar schon 1944, als mir trotz der todwunden Zeiten meine Mutter an spendablen Tagen fingerdick Jagdwurst auf die Stulle packte. Ich brauchte Liebe, Frau Priwitzke! Weil ich immer Hunger hatte und, obwohl noch nicht mal in der Pubertät, oft traurig war und schon damals mit 14 kein eindrucksvoller Mensch! Zudem musste ich an den Wochenenden zur vormilitärischen Ausbildung in die Grenadierkaserne nach Dresden. Schauerlich hallten dort nachts die Korridore. Und rochen nach miesen Bahnhofstoiletten. Und nach Generationen armer Rekruten. Und nach feuchtem Kommissbrot. Aber auch nach Pferdepisse, angefaultem Kohl und alten Socken. Da bekam man Heimweh, Frau Priwitzke! Wenn ich so was rieche, denke ich noch heute an Großdeutschland.

Tagsüber mussten wir kleinen Hosenscheißer aber auf dem Schießstand das Schießen auf Scheiben üben. Und dabei, Frau Priwitzke, erzielte ich eines Sonntagmorgens beim ersten Schuss zwölf Ringe, beim zweiten Schuss zwölf Ringe und beim dritten Schuss elf! Es war, glaube ich, ein mystisches Ereignis, wie wenn einem plötzlich zweimal zwölf und einmal elf Teelöffel aus den Ohren wachsen, um es mal unkonventionell zu sagen. Aber vormilitärisch gesehen und grenadierkasernenmäßig schienen sie es für so was wie die Erfindung der Stiefelwichse zu halten und schrien: »Hurra!« Der verschlissene, etwas ausgeleierte Unteroffizier in den müdegelaufenen Knobelbechern konnte es gar nicht fassen!

Darum durfte ich – ein totaler Nichtführer, der ab drei Kilometer von zu Hause weg Heimweh bekam und beim Marschieren am Sinn des Lebens zu zweifeln begann – dann ehrenhalber eine Jungvolkführerfahrt ins Elbsandsteingebirge mitmachen, Teilnahme Pflicht! Ich war ganz ergriffen von mir! Noch lieber hätte ich zwar einen ordentlichen Riemen Jagdwurst verliehen bekommen, aber den gab mir dann meine Mutter mit. So hatte ich die Ehre und die Wurst, und am folgenden Samstag marschierte ich reinen Herzens in Arno Stockmüllers ausgeliehener vorschriftsmäßiger schwarzer Kniehose und, weil ich mir in meinen Schuhen immer Blasen lief, in den schrecklichen Haferlschuhen meines Bruders Paul, in denen ich mir erst recht Blasen lief, als fremdes Element und vermutlich einziger Nichtführer unter lauter unnahbaren, misstrauischen Jungschaftsführern, Jungzugführern und Fähnleinführern, darunter manch sardonische Mistlerche, ins Elbsandsteingebirge hinein! Es roch nach Kommissbrot und alten Socken.

Obwohl ich mir von dieser Führerfahrt etwas Ordentliches zu fressen erwartet hatte, gab's abends aus der Feldküche nur Lauwarmes mit Tannennadeln. Darum verschlang ich dann – pfeif auf Ruhm und Ehre! – in finsterer Mitternacht unter meiner Zeltbahn meine Jagdwurst, einen ansehnlichen Apparat mit Senfkörnern drin, starkduftend und taufrisch. Und am Morgen, als die Führer beim Waschen markig prusteten, begann die Jagdwurst dann in mir zu arbeiten.

Ich hätte es wissen müssen, ich gieriger Sack! Schließlich hatte ich zwei Jahre zuvor bei einer uniformierten Wochenendfahrt schon einmal einen solchen Batzen Jagdwurst verschlungen. Mitten in der Nacht zu Füßen der Burg Stolpen, wo August der Starke die Gräfin Cosel eingesperrt hatte! Zwei Stunden später gab ich im stockdunklen Heu die Muttermilch bis zum letzten Tropfen von mir! Die ganze schöne Scheune roch damals nach Jagdwurst, etwas säuerlich! Und als sie mich hinausschmissen, roch auch die ganze Nacht etwas säuerlich nach Jagdwurst. Bis zur Burg Stolpen! Infolge der Mutterliebe! Darum wurde mir damals im Elbsandsteingebirge in der Frühe auch klar, dass sie einen Jungen aus so einer Familie gar nicht vormilitärisch hätten ausbilden dürfen! Bei mir lief doch alles immer nur auf Jagdwurst hinaus!

Als wir uns nach dem wässrigen Morgenkaffee in Reih und Glied an einem Wiesenhang ins nasse Gras gepflanzt hatten, ging wie auf Befehl die Sonne auf, sie musste was gewusst haben! Die Ärsche dampften, die Vögel schissen, der Sandstein stand in rosa Flammen. Ein bräutlicher Morgen, das muss man schon sagen! Wie Brautschleier wallten auch die Nebel unten im Elbtal. Da begannen wir – drei, vier! – das Lied »Von allen blauen Hügeln reitet der Tag ins Land« zu singen. Es war, glaube ich, etwas Germanisches aus der Zeit Wotans. Die Gegend begann jedenfalls sofort wie ein mit Fixfax-Silberglanz poliertes Koppelschloss zu blitzen, es wurde weihevoll, der Morgen bekam dicke Drüsen, das Elbsandsteingebirge hatte plötzlich etwas Großdeutsches im Blick.

»Er reitet mit vollen Zügeln«, sangen wir, und vor uns am Hang, mit schönen Achselstücken und postautogelber Schafswolle auf dem Kopf, stand der Bannführer, ein Führer von Führern, und schlug mit der Rechten zackige Dreiecke in den Morgen, heidi, heida!

»Dirigier du mal!«, dachte ich ängstlich mit meiner unruhigen Jagdwurst im Leib. »Dirigier du mal!«, dachte ich etwas in Not und bereute, dass ich die Wurst gefressen hatte. Und wir sangen. Und ich ließ – als einer aus den hinteren Reihen hatte ich das in dampfenden Marschkolonnen schon oft von anderen erdulden müssen –, ich ließ – wir waren alle mal jung –, ich ließ also, bitte sehr und Pardon, einen fahren, »kaum einen Hauch«, wie Goethe gesagt hätte, das Kind eines Furzes nur, aber wegen Arno Stockmüllers etwas weiter Kniehose schnell im Freien und dort von unglaublicher Wirkung, kein Wunder bei Stockmüller!

Einige der Führer – fast alle geborene Petzen – hörten sofort zu singen auf und begannen beleidigt zu schnuppern, und noch mehr Führer, denen ich mich – ausreißen konnte ich ja nicht! – schnellstens anschloss, hielten sich mit unführerischem Getue die Nasen zu, worauf der postautogelbe Bannführer, der eigentlich so weit da vorn gar nichts riechen konnte, sein fürchterliches Dirigieren beendete und mit seiner Backpfeifenstimme in die Stille hineinschrie, dass sich der Stinker sofort zu melden habe, sonst platze was im Gebirge!

Hierauf begann, wie ich erleichtert merkte, sofort jeder jeden zu verdächtigen, und manch einer, dem geliebten Bannführer zuliebe, schien sogar schon sich selber zu misstrauen. Es wollte keine rechte Stimmung mehr aufkommen im Stammbäumchenwald. Eine allgemeine Verkniffenheit machte sich breit. Kein Zick, kein Zack, kein Hurra, der Morgen war vom Stuhl gefallen! Nur die Vögel, schien's, pfiffen plötzlich etwas erfrischter im Elbsandsteingebirge, keinem großen Gebirge, Frau Priwitzke, nicht so gewaltig wie die Steiermark, aber auch in kleinen Gebirgen kann eben, wie man sieht, etwas passieren. Es muss nicht mal immer was Verstauchtes, es kann auch was Positives sein, Frau Priwitzke! Wie bei mir, damals in finsteren Zeiten im Sandstein!

Dank der siegreichen Jagdwurst meiner Mutter.

Von Rucksäcken und Menschen

Rucksäcke gibt's viele, aber meinen Opa, von dem ich die Kraftausdrücke habe, gibt's nur einmal! Und weil er im 1. Weltkrieg im Trommelfeuer – auch ein Trommelfeuer hat eben seine lustigen Seiten, nicht nur das Fernsehen! – einmal drei Stunden lang in einer halbvollen Latrinengrube stehen musste, hat er zeitlebens was zu erzählen gehabt. Die Latrinengrube wurde immer voller, das Trommelfeuer immer trommeliger, und am Schluss hat mein Opa stets gesagt: »Das Leben ist nicht immer ein feiner Mann, Kinder, es kann manchmal auch ein erstrangiger Mistkübel sein!«

Es ist eben – bis auf warme Butterbrötchen vielleicht! – nichts vollkommen auf Erden, auch kein Trommelfeuer, vom Fernsehen ganz zu schweigen! Nicht mal der Papst ist vollkommen, sonst könnte er fliegen! Und Rucksack trägt er auch keinen, obwohl es heutzutage kaum noch einen Menschen gibt, der ohne Rucksack rumläuft, denn Rucksäcke gibt's wie Schnittkäse in Holland. Manche sind klein wie Liliputanerfäuste, manche sind groß wie der Rucksack von Harry Hasemanns Kusine, der ihr bis aufs enorme Gesäß runterhängt und sogar noch größer ist als dieses. Seine Kusine trägt den Rucksack sogar, sagt Harry Hasemann, wenn sie in die Oper geht, sie gibt ihn dort aber an der Garderobe ab! Diese Kusinen!

Selbst Gerhard Schröder und Admiral Scharping sehen aus, als würden sie beim Abschreiten von Ehrenformationen gern mal einen Rucksack tragen! Und die Besamungstechniker der volkseigenen Besamungsstationen früher, die mit dem Bullensamen im Rucksack auf ihrem Moped über die Dörfer fuhren, nannte man sogar Rucksackbullen! Wie man sieht, waren immer Rucksäcke dabei, ohne Rucksäcke lief nichts!

Und der liebe Gott wird ja nun, weiß Gott zumindest an den Wochentagen, wenn er was zu erledigen hat, mit einem Rucksack durch den Himmel laufen beziehungsweise, wenn kein Fußboden vorhanden ist, fliegen.

Sogar Schauspieler tragen schließlich heute Rucksack! Und das ist gut so, weil der Rucksack tragende Mann etwas Treuherziges, Nagelschuhiges, beinahe Großglocknerisches an sich hat. Er macht den Eindruck, als wollte er gleich mit einer hellen, ordentlichen Knabenstimme »Hoch auf dem gelben Wagen« hinausschmettern oder zu jodeln anfangen oder mehrere BSE-freie Kühe melken! Infolgedessen wirkt der Rucksackträger beruhigend auf unsere kaputten Nerven, es ist aber auch öfter mal das Gegenteil der Fall! Selbst die Rucksack tragende Frau sieht öfter so aus, als wollte sie Hopse machen oder mit der Klampfe in der Hand den Rennsteig erklimmen! In der Nähe solcher Persönlichkeiten befindet man sich immer etwas im Gebirge, es riecht nach Fichtennadelsektfußbad!

Neulich musste ich beim Anblick eines schwimmtierähnlichen Menschen mit einem schwimmtierähnlichen Rucksack, die beide vor der Schwimmhalle warteten, sogar an den Sommer denken! Da habe ich mich aber gefreut, denn gerade jetzt, wo man immer kalte

Füße im Bett hat, denke ich gern mal an den Sommer, vor allem an den blinkblanken Göttermorgen im letzten Juli, wo plötzlich in heiliger Sonntagsfrühe irgendwelche ordinären Vögel auf meinem Balkon herumschrien. Und schissen! Es mussten Tausende sein! Und ich hatte Brunnenkresse gesät, ihr Schweinepriester, Brunnenkresse! Und meinen Studentenblumen bissen die Ungeheuer die Köpfe ab, aber wie! Als ich empört aus dem Bett sprang, um die Streithähne mit harten, uralten Lebkuchenherzen zu bewerfen, schwirrten sie hohnlachend davon. Sie trugen zwar keine Rucksäcke, aber rote Brustlätze, auch schön!

Ich aber sah auf einmal verwundert, dass schon frühmorgens kurz nach fünf richtige lebendige Menschen draußen vorkamen, denn der kleine Wiesemann von gegenüber, Schüler der vierten Klasse, bestieg gerade mit einem riesigen Erwachsenenrucksack auf dem Rücken sein Fahrrad mit den drei Klingeln. Seine Ohren ragten dazu rotgeschruppt und wild ins rotgeschruppte Morgenrot. Sie passten zusammen, der kleine Wiesemann, seine Ohren und das Morgenrot! Hier war Hoffnung! Mehrstimmig klingelnd fuhr der Junge davon, und der Morgen schallte vor sich hin, und ich nahm mir vor, eine Liste anzulegen mit den Rucksäcken, die ich liebte!

Heute trägt nun sogar schon meine kleinste Enkeltochter einen Rucksack. Er ist zwar nur so groß wie eine gewöhnliche Bulette, aber es ist ein Rucksack! Ich besaß als Kind nur ein Portemonnaie in Rucksackform, ganz ulkig, aber nie war Geld drin! Dann wäre mir schon eins in Portemonnaieform mit Geld drin lieber gewesen!

Oder so was wie ein echter Elbdampfer, nur kleiner, für Kinder! In den mageren Zeiten früher wurden Rucksäcke sowieso meist nur von Gebirgsjägern, von Flüchtlingen aus Bunzlau, von Russlandheimkehrern und von Kriegerfrauen beim Hamstern herumgeschleppt, alles anstrengende Rucksäcke für lange, unerfreuliche Strecken!

Deutschlands Geschichte ist ohne Rucksäcke undenkbar! Ohne Rucksäcke wäre Deutschland, was Friedrich Nietzsche ohne Schnauzbart gewesen wäre! Vermutlich haben schon die Cherusker Rucksäcke getragen! Selbst der schlichte Agronom in meiner Jugend, wenn er in seiner vom Großvater stammenden grünen Joppe rotbackig und furzend mit dem vom Großvater stammenden Fahrrad wegen einer Einreibung für die Bäuerin in die Stadt zur Apotheke fuhr, trug einen vom Großvater stammenden, unheimlich leeren Rucksack. So stellte ich mir in den Hungerjahren immer meinen Magen vor!

Heute sind die Rucksäcke voller! Es gibt sogar solche wie große, lachende Kürbisse, zum Liebhaben gewissermaßen! Kurz vor Weihnachten begegnete mir sogar ein Hund mit Rucksack! Ich dachte erst, es ist der Weihnachtshund, weil er aber keinen langen Bart trug, dachte ich es dann nicht mehr. Außerdem glaube ich nicht mal an den Silvestermann, schade! Es gibt aber nicht nur Hunde mit Rucksäcken, es gibt auch Rucksäcke mit Hunden! Und einer meiner Söhne – unser Fritz, der als Kind mehrere Goldhamster besaß, darunter auch einen beinahe grünen mit Grübchen und Glatze, ein hochanständiges, etwas verschmitztes Tier, das zwar keinen Rucksack vorweisen konnte, aber gewaltige Backentaschen – unser Fritz wäre ohne Rucksack gar nicht mehr unser Fritz! Da wäre er wie England ohne five o'clock tea! Vielleicht rührt das von den vielen verdammten Goldhamsterbackentaschen seiner Kindheit her: ein Behältertrauma! Vermutlich trägt der gute Junge seinen Rucksack auch im Bett? Im Bus jedenfalls sitzt er deswegen schon immer ganz vorn auf der Kante des Platzes, denn hinter ihm muss ja partout der verdammte Rucksack sein, dieses Ungetüm, das aussieht wie Rumpelstilzchen als Rucksack! Obwohl der Junge sagt, dass sich nur die Unterhosen, die er seiner Mutter zum Waschen bringt, drin befinden!

Diesen Rucksack liebe ich, er wird ganz oben auf meiner Rucksackliste stehen und vielleicht sogar mal in eine Rucksackanthologie kommen! Vielleicht werde ich mir darum sogar ebenfalls einen verdammten Rucksack anschaffen! Ich werde ihn mir aber von meiner Frau stricken lassen, ein handgestrickter Rucksack soll es sein, jawohl! Damit man nicht immer nur des Schicksals Knute auf dem Buckel spürt, sondern auch mal was in Zopfmuster! Einen Rucksack aus Blech, Eisenguss oder mundgeblasenem Glas anzufertigen, ist mir leider nicht gegeben, als ehemaliger Schauspieler könnte ich ihn höchstens spielen, ich pfeife aber drauf! Ich könnte mir aber auch, was vielleicht das Beste wäre, wie mir eben einfällt, einen Rucksack aus Sperrholz basteln! Das wäre eine schöne, solide, weidgerechte deutsche Laubsägearbeit für die kalten Winterabende, etwas Leitkulturelles, das man später sogar als Baumschmuck oder Silvesterkracher verwenden könnte! Oder ich säge gleich von Vornherein Wiedervereinigungsmotive in die Rucksackrückseite, die ich dann mit farbigem Wachspapier hinterklebe. Dann kann ich die alte, gelbe, noch aus meinem Skoda stammende DDR-Blinkleuchte für Unfälle in meinen Laubsägerucksack stellen und damit an düsteren, hoffnungslosen Abenden als Lichter- beziehungsweise Rucksackengel durch die Straßen laufen. Da hat wenigstens die alte, gelbe DDR-Blinkleuchte nicht umsonst gelebt!

Der Dämmerschoppen

Fliehe, Mensch, verdufte! Türme nach Buxtehude, San Francisco oder Zinsgrafenstein, treibe Sport oder jemanden zum Wahnsinn: Wo du auch bist, was du auch tust, Misstrauen ist angebracht, denn immer, wenn's mal hübsch wird, haut irgendwer Knüppel zwischen unsere Beine!

Beispielsweise stinkt es heute nicht mehr so miserabel aus unseren Städten zum Himmel wie im Sommer '45. Mittlerweile hat sich das in die Randgebiete verzogen, in die Schattenregionen und Schlünde, wo die Nasen sowieso hängengelassen werden. Vor den nobel hergerichteten Bahnhöfen riecht es höchstens noch nach altbackenen Heimatlosen, vor allem aber duftet's nach Laugenbrezeln und Pizza METROPOLE, lecker, lecker.

Gleich nach dem Krieg war das anders. Da roch's beispielsweise auf dem Platz vor dem Bahnhof Dresden-Neustadt nicht lecker, lecker, sondern öfter mal nach der Herrentoilette des Bahnhofs Dresden-Neustadt. Näherte man sich als blutjunger, frohsinniger Scheißer dem Bahnhof vom Albertplatz her, und die Windrichtung stimmte, konnte es schon mal peinlich werden, wenn man ein hübsches Mädel dabei hatte, weil das hübsche Mädel sofort zu schnuppern begann. Dann fing man manchmal sogar an, vorsichtshalber die Herrentoilette des Bahnhofs Dresden-Neustadt zu preisen und Stalin zu verherrlichen.

Aber später, wenn die junge Liebe krachengegangen war, hat das hübsche Mädel, wieselte man verschämt an ihr vorüber, bei unserem Anblick trotzdem ihre Freundin angestoßen und anzüglich geschnuppert! Wo's doch die Herrentoilette des Bahnhofs Dresden-Neustadt gewesen war, Annemone, du Stern mit den süßen Möpsen! Also nur nicht zu laut gejucht, Reisende, sonst haut man euch Knüppel in die Waden, denn: Rin in die Scheiße, raus aus der Scheiße, das ist das Leben! Aber dazwischen duften die Rosen.

Da ich, wie man erkennt, ein positiver Mensch bin, was ich von Onkel Karl habe, der noch nach dem dritten Schlaganfall behauptete, es ginge ihm glänzend, nahm ich damals an, dass der gerade besungene Gestank eine Charaktereigenschaft von Bahnhofstoiletten sei, ähnlich den Rostfahnen auf den Pissoirfliesen und den ausgemergelten Toilettenmännern, die, weil der Automat nicht funktionierte, wie Verschwörer Präservative verkauften und den Gestank der Desinfektionsmittel erfolglos mit Desinfektionsmitteln bekämpften. Ach, ihr Scheißhäuser meiner Jugend!

Schon mit sechs, als ich Locken wie ein Schaf auf dem Kopf hatte und »unser guter Hansi« war, nahm ich außerdem an, dass ein ordentlicher Gestank eine der großen Belustigungen des Menschengeschlechts sei, etwas zum Kaputtlachen für die ganze Familie! Doch auch hier hat wer Knüppel dazwischengehauen, die ganze Familie lachte sich nicht kaputt, wenn's stank, Gott sei Dank! Über diese dialektische Thematik und manches andere wollte ich nun vor einigen Tagen bei einem Dämmerschoppen ein wenig mit Alfred Pickert reden. Leider interessierte sich Pickert anfänglich nicht einmal dafür, dass die englische Queen Mum, die sich zwar wie eine Sektmarke anhört, aber die Oma von Prinz Charles ist, dass also diese Queen Mum gestorben war und am 9. April im Fernsehen die Trauerfeier mit Rolf Seelmann-Eggebert und einer ergreifenden Dudelsackmusik stattgefunden hatte, ein Hochgenuss, bei dem mancher Zeitgenosse Rotz und Wasser geheult hat. Ich meine, man kann sich's ja nicht leisten, aber so eine Beerdigung wünschte ich mir auch mal! Bedauerlicherweise erklärte mir Pickert hierzu nur von oben herab, dass er sich schließlich nicht für alles interessieren könne, ein ignoranter Pinsel eben!

Als leidenschaftlicher Anhänger des Wassers, der auch Bücher darüber geschrieben hatte, beispielsweise »Das Leben im Tümpel«, »Das Leben im Wassertropfen« und »Das Leben im Karpfenteich« – am liebsten hätte er auch noch »Der alte Mann und das Meer« geschrieben! –, antwortete mir Pickert sofort schroff, nicht er sei ein ignoranter Pinsel, sondern der unbelehrbare Mensch wär's, vielleicht sogar ich! »Obwohl der Mensch zu 60 Prozent aus Wasser besteht, du Nase«, sagte er, »verhält er sich dem Wasser gegenüber wie ein Schwein! Er trinkt es ungern, er spült seine speckigen Unterhosen drin aus, hängt die Schweißfüße in den Wiesenbach, wäscht sich mit Widerwillen, spuckt in die Spree, verunreinigt die Meere, pinkelt ins Strandbad und verflucht den Regen! Wo doch das Wasser sein nächster Verwandter ist! Ich möchte mal wissen, wie es wäre, wenn der Mensch zu 60 Prozent aus Leberwurst bestände, ob er sich der Leberwurst gegenüber auch so schamlos verhalten würde? Jeder Frosch hat da mehr Ehrgefühl im Leibe!«

»Ich wollte eigentlich nicht über Frösche mir dir sprechen, Alfred«, sagte ich und pfiff im selben Moment auch schon darauf, weil Pickert plötzlich den Kopf hängen ließ. Darum begann ich sofort damit, ihn und die Frösche kräftig zu loben, weshalb Pickert ganz ergriffen die nächsten zwei Bier bestellte, ein guter, aber auch schlauer Mensch! »Prost!«, sagten wir wie aus einem Mund – und nach dem Trinken: »Ah!« Das hätte eigentlich als Gespräch für diesen Abend genügt, mehr als »Prost!« und »Ah!« müssen manchmal nicht sein.

Aber als Pickert mich und meine herrlichen Geschichten ebenfalls kräftig zu loben begann, bestellte auch ich zwei Bier, langsam wurde es schön! »Mein Gott«, warf ich ergriffen dazwischen, »was ich im Leben allein schon an Überschriften geschrieben habe!« Und plötzlich wurde mir wieder lebensbejahend zumute, obwohl ich mich infolge des Weltgeschehens in einem Zustand befand, wo ich, frei heraus gesagt, als Apfelbaum schon längst alle Äpfel fallengelassen hätte!

Nun aber lobte ich Pickert, und Pickert lobte mich. Dazu tranken wir wie die Pferde Bier und waren schon bald 20 bis 30 Jahre jünger. Damit wir's blieben, klopfte Pickert immer wieder mal dreimal auf Holz und geriet durch das Gelobtwerden in einen beinahe euphorischen Zustand, woran ich erkannte, wie wichtig ein Lob für den Menschen ist. Was wäre es erst für die Frösche gewesen! Später teilte mir Pickert im Vertrauen mit, dass seine Frau, wenn er telefonierte, immer »Schrei nicht so ins Telefon!« zu ihm sagen würde. »Das hätte sie mal zu Hindenburg sagen sollen!«, sagte Pickert. Aber glücklicherweise sei sie da noch nicht auf der Welt gewesen.

Gegen Mitternacht sagte Pickert dann auch noch ganz wehmütig, obgleich gar keine Samentüten zu sehen waren, dass ihn die bunten Bilder auf Samentüten immer in eine wehmütige Stimmung versetzten. In mehr versetzten ihn die Neuinszenierungen auf den Berliner Bühnen auch nicht, sagte er, Samentüten kosteten nur weniger. Bald würde er Samentüten dramatisieren, aber heute noch nicht. »Keine Samentüten heute!«, rief Pickert dem Kellner zu und gestand mir, dass er statt Hemingway fast noch lieber Günther Jauch wäre.

Wenn er an Günther Jauch denke, sagte er, laufe ihm immer das Wasser im Gehirn zusammen. Danach erzählte er mir noch, dass er letztens furchtbar im Bett hochgefahren sei, weil seine Frau im Schlaf »Geschirrspülmaschine!« gesagt habe. »Wo doch fast immer ich das Geschirr spüle!«, sagte er und küsste dem Kellner die Hand; das weiß ich noch genau.

Und dann weiß ich noch, dass in einer etwas düsteren Kneipe die Herrentoilette fast genauso wie 1945 die vom Bahnhof Dresden-Neustadt gerochen hat. Da habe ich beim Pinkeln etwas weinen müssen und gesungen: »Teure Heimat, sei gegrüßet ...!« Dann weiß ich nur noch, wie ich im Morgendämmer mit einer sieben Zentimeter langen Platzwunde auf dem Hinterkopf, die aber von fleißigen, nüchternen Humanisten genäht und verbunden worden war, zu meiner armen, blassen Frau nach Hause gekommen bin.

»Wie ein Hundertjähriger!«, hat sie klagend gerufen, und zum ersten Mal im Leben ahnte ich, wie es Odysseus, dem Vielgewanderten, bei seiner Heimkehr tatsächlich zumute gewesen sein musste. Sie hatten mir sogar die Haare auf dem Hinterkopf abrasiert, ich trage noch heute eine Tonsur! Leider besuche ich keine Kneipen mehr, sonst würde ich mich dort als Mönch ausgeben.

Wie es zuletzt noch zu so einem Elend kommen konnte, weiß nur der Himmel, ich weiß es nicht, und Pickert weiß es auch nicht. Ich vermute aber, dass es auch hier einer der verfluchten Knüppel war, die einem, wenn's mal hübsch wird, zwischen die Beine gehauen werden. Vielleicht ist aber auch die Regierung schuld, der würde ich's gönnen!

Es schnirlet, es schnirlet!

Vor allem ist man doch immer und immer mit sich selber zusammen, meine Herzensleser, und wenn man dann noch bedenkt, was für ein blöder Hund man manchmal ist, dann ist das doch eine ganz schöne Leistung, oder?

Dazu kommt dann noch das viele Wissen, das man sich pausenlos einverleibt. Und der Winter, der Winter! Und da, kühne Leser, hätte man schon mal Grund, meine ich, vor sich niederzuknien und vielleicht sogar mal Bilanz zu ziehen, ob das Ganze was gebracht hat.

Ich zum Beispiel bin zwar nicht so eine Koryphäe wie Donald Duck oder Dieter Bohlen – obwohl der nicht mal ein Bohlen-Halbach ist –, ich weiß aber auf Anhieb, dass sieben mal siebzehn einhundertneunzehn ist. Das steht in meinem Hirn wie der Turm zu Babel. Wenn er stehengeblieben wäre. Seit meinem zehnten Lebensjahr ist das so. Da musste ich für den Oberlehrer Prütze, diesen alten Mistbock, übers Wochenende einhundertneunzehnmal »sieben mal siebzehn ist einhundertneunzehn« aufschreiben, weil ich's nicht schnell genug gewusst hatte! Darum ist es mir seit 1940 möglich, auf die Frage »7 x 17« wie aus der Pistole geschossen »119« zu antworten.

Das ist zwar noch nicht das Nonplusultra, denn wer fragt einen schon mal so was, aber ich kann glücklicherweise auch noch Friedrich Schiller anführen, von dem ich 1943 als Strafarbeit alle Meistersprüche aus der GLOCKE auswendig lernen musste. Eine fruchtbare Zeit! Sogar die Anfangsgründe des Jodelns erlernte ich damals in wenigen Wochen auf unserem Heuboden durch fortwährendes Hinausrufen des Wortes »Lahausbub«: LA langgezogen mit Normalstimme, HAUSBUB kurz mit Kopfstimme! Meine Familie lernte es zwangsläufig mit, die Nachbarschaft auch, vermutlich habe ich das Wort LAUSBUB in Sachsen eingeführt! Ich beherrsche es noch heute vorzüglich.

Noch herausragender war ich freilich in den grünen Jahren vor meiner Einschulung. Da wusste ich nämlich alles! Weil mir keiner widersprach wahrscheinlich. Weil mich meine Leute abgöttisch liebten, diese Narren. Ich war aber auch eine Nummer! Bereits mit vier wusste ich die Hauptstadt von Australien, eine der schwersten Hauptstädte der Welt. Wenn ich da im blauen Matrosenanzug mit einem kleinen Koffer in der Hand »Canberra« sagte, warf sich Tante Trude vor Entzücken in die Nelkenrabatten. Kein Wunder, dass man mich »Prinz Wundertüte« nannte!

In meiner Familie gab's aber auch noch Eberhard Sawatzki, einen entfernten Verwandten, sieben Jahre älter als ich und glücklicherweise nicht ganz so liebenswert wegen seiner Nasenpolypen, der wusste noch mehr als ich. Für einige Zeit nahm ich sogar an, wir beide wären die zwei, die das Meiste auf Erden wussten. Dann kam aber die Schule und die Klasse Ia mit der Lehrerin Fräulein Wally Lasche, da wusste ich nur noch die Hälfte und zwei Wochen später noch weniger. Aber Eberhard Sawatzki, mein Verwandter, war dann Anfang des Krieges der erste gedruckte Autor, den ich kannte. Freilich handelte es sich da nur um einen Leserbrief an die Zeitung, in dem er über das im Rahmen der Verdunklung erfolgte Abdunkeln seiner Karbidfahrradlampe berichtete.

Der zweite gedruckte Autor, den ich kennenlernte, hieß Professor Dr. Theodor Arldt und war der Verfasser einer Broschüre über die Tiere der Vorzeit. »Das sind so riesenhafte Laubfrösche«, sagte mein Onkel Ewald, der alle Menschen und, wie's schien, auch die Tiere der Vorzeit kannte. Er war auf Heimaturlaub mit einem Kopfverband und stellte mich dem Professor in dessen Wohnung vor. Ich weiß noch, wie er, nachdem er ausführlich über seinen Kopfverband gesprochen hatte, mit seiner lauten Stimme den schwerhörigen Gelehrten anschrie: »Und das ist mein geliebter Neffe, Herr Professor, er hält sich ebenfalls einen Laubfrosch, aber einen kleinen!« Dabei nickte er mir ganz ergriffen zu, weil er mich einem richtigen Professor vorstellen konnte.

Eberhard Sawatzki stand mir aber näher als dieser Gelehrte. Wegen einer Oberschenkelverwundung hatten sie ihn zum Glück schon 1943 aus dem Lazarett nach Hause geschickt, seitdem arbeitete er als Elektrokarrenfahrer und roch nach Staufferfett. Ich rieche noch heute Staufferfett, wenn ich an Eberhard Sawatzki denke. Im Moment schwimmt mein Schreibtisch in Staufferfettwolken, wobei mir wieder mal klar wird, dass mein Leben ohne Fette und Öle undenkbar ist. Abgesehen davon schrieb Eberhard Sawatzki nach Feierabend wie ein Verrückter Aufsätze, die er nach dem Krieg alle an die Zeitung schicken wollte. Sie lasen sich zwar immer etwas ruckhaft wie das Elektrokarrenfahren, aber die ganze Familie war stolz auf Eberhard. Einmal las er uns sogar mit seiner dicken, traurigen Polypenstimme den Artikel »Die Grasmücke im Rödertal« vor, ruckhaft natürlich. Wir verstanden kein Wort, aber es war so großartig, dass man die Grasmücken etwas ruckhaft singen hörte! Großonkel Albert sagte sogar ganz verwundert: »Wo nimmst du das bloß her, Eborhord?« Da lächelte mein entfernter Verwandter Sawatzki wie mit jungem Birkenlaub bekränzt und sagte: »Ihr alden Faifen!« Er wusste Bescheid.

Heute weiß natürlich jede Pflaume Bescheid infolge des Internet und der vielen nackten Monster im Fernsehen. Aber mir wird eben leider auch oft schmerzlich bewusst, dass ich einen Dreck weiß. Nehmen wir nur mal Latein, das beherrsche ich schon mal überhaupt nicht! Es sind nur Bruchstücke geblieben, wie »Gallus cantat«, was heißt: »Der Hahn kräht«, oder »Ques ego«, also: »Euch werd' ich!« Außerdem weiß ich, nachdem ich im Hundertjährigen Kalender nachgesehen habe, auch noch, dass der Winter am 20. Januar (Fabian Sebastian) beginnt, denn »Fabian Sebastian fängt der rechte Winter an«, und zwei Wochen später, am 5. Februar, dem Agathentag, zu Ende ist, denn: »Am Agathentag rieselt das Wasser den Berg herab.« Daran erkennt man, dass außer den Politikern auch dem Winter nicht zu trauen ist.

Trotzdem liebe ich diese unberechenbare Jahreszeit. Schon in Windelhosen strampelte ich hocherfreut mit den Beinen, wenn meine Mutter den ersten Schnee begrüßte mit den Worten: »Es schnirlet, es schnirlet, es weht a frischer Wind, die Maidli ziehn die Handschn an, die Buben laufen gschwind!« Das hatte sie aus der Schweiz, wohin sie nach dem ersten Weltkrieg für zwei Monate von einem

Kinderhilfswerk für Kriegswaisen zum Sattessen geholt worden war. Ich zehre noch heute davon und trage auch in den krachendsten Wintern meine kalten Ohren und die roten Backen mit Begeisterung durchs Schneetreiben.

Natürlich weiß ich das Meiste immer noch nicht und werde es auch nie wissen, Gott sei Dank, denn selbst Leibniz, der große Polyhistor, der die berüchtigte Integralrechnung geschaffen hat, die mir in der Jugend das Leben mehrmals zur Hölle machte, selbst Leibniz, der Monadenerfinder, der Papin anregte zur Konstruktion des Papin'schen Topfes, selbst Leibniz wird – ich bitte um Pardon! – nicht alles gewusst haben, denn dass es beispielsweise einmal elektrische Zahnbürsten auf Erden geben würde, das hat er bestimmt nicht gewusst! Nicht mal Leonardo da Vinci, der doch nun wirklich schon alles erfunden hatte, bevor es erfunden wurde, hat eine elektrische Zahnbürste entworfen. Bei Günther Jauch würden vermutlich beide durchfallen. Und ich sowieso.

Damit muss ich mich aber abfinden, Caballeros, ich hab's zwar erst nicht wahrhaben wollen, wollte wie Johann Faust in Goethes FAUST I sein, wollte wissen, was die Welt im Innersten zusammenhält und ob's bald mal weniger Arbeitslose gibt, ich schwelgerisches Rindvieh, aber es ist mir nicht gelungen, nicht ums Verrecken. Die Welt weiß vermutlich selber nicht, was sie zusammenhält, von den Arbeitslosen ganz zu schweigen.

Leibniz hatte wenigstens seine vielen Monaden, unsereiner hat nicht mal genug Euro, dafür aber, wenn's schnirlet, wenn's schnirlet, kalte Ohren und rote Backen, na bitte!

Ein furchtbarer Tag, aber nicht unerfreulich

Weil die Kneipe voll war, setzten wir uns an den Tisch mit dem blassen Dicken, bei dem ich sofort an saure Eier denken musste. Seltsamerweise roch er auch so. Bruno Krampe, der sich beim Anblick der vielen Biertrinker die Hände zu reiben begann und »Ah!« sagte, bestellte sofort zwei Wernesgrüner.

Wir waren lange gelaufen, nachdem wir uns in der Markthalle begegnet waren, wo ich vergeblich nach einem manchesternen Einkaufsbeutel mit zwei vorn aufgesetzten Taschen gesucht hatte. Als alter Knochen klammert man sich eben an das Vertraute in dieser unsicheren Welt, wo einem jeden Moment die Wohnung voll Rohöl laufen kann. Oder es scheißt dir einer in die Stube, jawohl! Man weiß ja gar nicht mehr so richtig, was gespielt wird. Da gibt einem so ein manchesterner Einkaufsbeutel etwas Halt.

Den ersten schenkte mir meine Mutter 1959. »Hier hast du einen manchesternen Einkaufsbeutel, mein Junge«, sagte sie, denn in der DDR gab's damals eigentlich viel mehr, als es gab: Da war's gut, immer einen Einkaufsbeutel dabeizuhaben für den Fall, dass es mal was gab, was es nicht gab. Nun hängen all diese alten manchesternen DDR-Einkaufsbeutel in Fetzen bei mir zu Hause, und ich suche schon lange nach einem neuen.

In dieser Zeit hätte ich mehrere Fabriken für manchesterne Einkaufsbeutel gründen und damit pleite machen können, was ich aber gar nicht erzählen wollte, sondern von Bruno Krampe wollte ich erzählen, bei dem ich meinen manchesternen Einkaufsbeutel nicht nur loswurde, sondern Bruno Krampe damit auch noch erfreute, weil er es als ehemaliger Parteisekretär liebte, wenn man auf den Kapitalismus eindrosch.

»Wo es sogar«, sagte ich darum sofort am Tisch zu ihm, »erstklassige Manchesteranzüge für 60 Euro bei C&A gibt, Fashion for Living, Bruno, brauner Baumwollcord!« – »Manchesterbezogene Sofas gibt's auch«, erklärte mir Bruno Krampe empört, und ein Mädchen in einer langen, blauen Kutscherschürze – kein Manchester! – brachte das Bier. Bruno Krampe soff seins sofort wie ein Pferd aus und sagte »Ah!« und »Moment mal!« und verschwand. »Ja, ja, die alten Genossen«, sagte ich nachdenklich und nickte dem Dicken zu. Dann trank ich mein Glas ebenfalls leer und bestellte zwei weitere Wernesgrüner.

Als Bruno Krampe zurück war, prosteten wir uns zu, und ich sagte: »Neulich habe ich sogar manchesterbezogene Fußbänke gesehen, Bruno, und Manchesterfilzlatschen!« – »Manchesterrucksäcke gibt's ebenfalls«, sagte Bruno, und dann sagte er noch: »Sie würden sogar welche aus Wellblech herstellen, wenn man so was verlangt.« – »Vermutlich auch aus Schlackwurst!«, warf der Dicke ein, worauf ich sofort drei Wernesgrüner bestellte, ein angenehmer Mensch, trotz der sauren Eier!

»Ich kann schließlich keine Manchesterfilzlatschen als Einkaufsbeutel nehmen«, sagte ich laut. »Wo ich mein ganzes Leben lang – lange vor Kurt Böwe schon

Beutel benutzt habe! Sogar in Kanada damals, an den Niagarafällen, bin ich mit einem manchesternen Einkaufsbeutel rumgelaufen. Mein Gott, war man da noch ein Charakter! Und stolz, stolz!«

»Jawohl, stolz!«, sagte Bruno Krampe. »Selbst die Frauen«, sagte er, »zeigten damals noch nicht dauernd ihre nackten Ärsche im Fernsehen, sondern arbeiteten schöpferisch. Ich bin mal in der Straßenbahn der Schwägerin meines BGL-Vorsitzenden begegnet, die damals wie eine Verrückte Geschirr mit Zwiebelmuster sammelte, und da hatte sie ihre hochschwangere Hündin dabei, eine riesenhafte Promenadenmischung mit tiefhängender Unterlippe, schlabb, schlabb. Weil ich aber tierlieb bin, fragte ich die Zwiebelmusterfanatikerin mitleidig, wie viel junge Hunde es denn werden sollten und ob Männchen oder Weibchen. Da musterte sie mich wie einen, nun sagen wir mal, Hundespulwurm und sagte so von oben herab, dass ihr das schnuppe sei, andere Dinge seien ihr bei den jungen Hunden wichtiger! Mehr wollte sie nicht sagen. Am nächsten Tag habe ich aber meinen BGL-Vorsitzenden gefragt, was seine Schwägerin mit den anderen, ihr wichtigen Dingen gemeint haben könnte, und da hat er mir im Vertrauen gesagt, dass sich seine Schwägerin junge Hunde mit Zwiebelmuster wünscht. Infolge der Kreuzung mit einer schwarz-weiß gescheckten Tigerdogge sind dann aber nur wie mit Wandfarbe bekleckste Tiere herausgekommen. Wenn freilich die Wende mit dem haufenweisen Zwiebelmustergeschirr überall ausgeblieben wäre, würde diese dynamische Frau auf dem Weg zum Zwiebelmusterhund noch heute Tiere kreuzen. So schöpferisch waren damals unsere Frauen! Da kann man heute nur noch heulen!«

»Mein Bruder ist Hypnotiseur«, wandte sich der Dicke liebevoll an Bruno Krampe, »der kann Ihnen Ihre Melancholie weghypnotisieren, Meister, dann lachen Sie wieder! Mein Bruder hat sogar schon mehrmals den umgekehrten Fall gehabt, einmal sogar einen ehemaligen FDJ-Sekretär, der von früher her immer strahlen musste, was er aber gar nicht mehr benötigte. Den hat mein Bruder umhypnotisiert, der ist jetzt ein gesuchter Trauerredner auf Beerdigungen und hat Aussichten auf eine Anstellung als Regierungssprecher!« – »Ich halte nichts von Hypnose und ähnlicher Metaphysik, ich bin dialektischer Materialist, Schweinebraten ist mir lieber«, erwiderte Bruno Krampe stolz.

»Zwischen Schweinebraten und Hypnose gibt's aber auch noch andere Dinge, Bruno«, sagte ich, wobei ich an meine im Frühjahr'81 erfolgte Begegnung mit einem echten Zwerg dachte. Ich hatte aber noch gar nicht richtig Zwerg gesagt, da sagte Bruno Krampe schon hastig »Moment mal!«, und verzog sich.

»So ist das mit den alten Genossen«, sagte ich zu dem Dicken, aber der sagte nur mysteriös: »Jugend brutzelt, Alter zutzelt!« Und ich dachte daran, wie ich zwanzig Jahre früher eines Abends von einer langen Abendvorstellung nach Hause kam, wo ich unter anderem mit einigen braven Künstlern auf der Bühne hin und her flitzen musste und hoch und runter, um Urban VIII. anzuziehen, den Papst, der anfangs nur in seiner katholischen Unterwäsche dastand. In knöchellangen, um die

Beine schlackernden Soutanen rackerten wir uns vor den ergriffenen Zuschauermassen mit den Einzelteilen des Papstkostüms ab – immer hin und her, immer die Treppe hoch und runter, und, um Himmels willen, nicht auf die Schnauze fallen! –, bis ich Urban VIII. zuletzt, Auge in Auge, die schwere, metallene Tiara aufs gesalbte Haupt stülpen musste, voller Angst, dass sie ihm wieder vom gesalbten Haupt herunterfällt, wobei er, wie mir seine aufgerissenen Augen sagten, die gleiche Angst hatte. Eine Nervenkiste der allerersten Garnitur! Das alles sind Dinge, denen der Künstler tagtäglich wehrlos ausgeliefert ist. Darum begibt er sich nach deren Erledigung, wenn er sich nicht in der Theaterkantine besäuft und große Reden führt, mit flackernden Augen und dampfendem Herzen nach Hause. Genau wie ich an jenem Frühlingsabend, wo dann der etwa bierglasgroße Zwerg mit dem Tirpitzbart hinter meiner Schreibmaschine hervortrat, was ich Bruno Krampe nun endlich mal als übersinnliches Erlebnis unterbreiten wollte, damit er außer seinem ewigen Iljitsch Lenin auch mal was Solides kennenlernt. Er ahnte aber wohl schon so was und wollte nichts davon hören, als er zurückkam.

Er brachte aber noch drei Wernesgrüner mit und hatte außerdem die Zeche bezahlt, auch für den hocherfreuten Dicken, der später bei der Verabschiedung zwar etwas lallte, aber immer noch wie saure Eier roch und sich beim Handgeben seltsamerweise auch so anfühlte. Immerhin habe ich mich aber hinsichtlich des manchesternen Einkaufsbeutels dank Bruno Krampe nun auf diesem Gebiet mal richtig sattärgern können!

Zahm wie ein halber Frosch

Als seine Frau nach dem Mittagessen gegangen war, um den Wellensittich von Sandbäckers zu holen, las Rudi Zietzel hastig die Zeitung zu Ende und wurde infolgedessen, wie wenn er zu schnell und zu viel gegessen hatte, von den trübsinnigsten Gedanken erfasst. Ihm ging's plötzlich wie dem armen Kurt Tucholsky, der immer Angst vor der Altersschwermut hatte! Dabei war Kurt Tucholsky aber wenigstens Kurt Tucholsky gewesen, er aber, Rudi Zietzel, war leider immer nur Rudi Zietzel!

Darum war's vielleicht sogar gut, dass Ute den sandbäckerschen Vogel für einige Tage zu ihnen holte. Als Ablenkung vom Trübsinn sozusagen. Obwohl ihm dieses Tier, als sie Sandbäckers neulich besuchten, ziemlich unheimlich vorgekommen war mit seinem scheelen Blick und dem ewigen: »Ich heiße Hansi Sandbäcker!« Kindisch auch, wie Fred Sandbäcker, der alte Knochen, deswegen von einem Entzücken ins andere fiel. »Der Vogel ist komischer als Ingolf Lück!«, rief er mehrmals und wieherte wie ein Verrückter. Wegen des Lallens eines vorlauten, grünen Vogels, der fortwährend im Wohnzimmer herumstampfte und sich in jedes Gespräch mischte! Außerdem war die kleine, gottlose Rotznase viel zu gut gelaunt für jemanden, der in einem Käfig leben musste. Dieser Vogel hätte weinen müssen!

Ach, herrje, wenn er da an Mutters steinalten Wellensittich noch unter Ulbricht dachte! Eine Seele von Vogel! Der saß am liebsten auf Mutters Kaffeekanne, wenn sie noch warm war, und guckte vor sich hin, falls er nicht gerade ein Nickerchen machte. Der reinste Mensch, der Mutter mit den Jahren immer ähnlicher sah: Mutter als gelber Wellensittich gewissermaßen. Manchmal fiel er auch im Schlaf von der Kanne. Es war eben noch in der tiefsten DDR. Heute war ja alles zu hektisch, um mal von der Kanne zu fallen. Darum hatte er wohl in letzter Zeit auch den nervösen Drang, mit dem Zeigefinger auf Gegenständen herumzuklopfen, ganz schnell, unaufhörlich, wie ein verrückter Specht: taktaktaktak! Neulich hatte er sogar so im Kino auf dem Sitz seines Vordermanns herumgeklopft: taktaktaktak! Weil das Kino so miserabel besucht war, sahen die Leute sofort zu ihm und Ute her und zischten. Anstatt ebenfalls zu klopfen. »Ich bin mir wie nackt im Schaufenster vorgekommen«, hatte Ute später gesagt.

Meine Güte, da hätte er sich schon seit der Schule so vorkommen müssen, wo einem einige lüsterne, unverschämte Rotzlöffel aus den oberen Klassen in der großen Pause mit heimtückischen Pfoten in die Weichteile fuhren, um sie durchzuwalken, was man EIERN nannte! Wahrscheinlich ein uralter, barbarischer Germanenbrauch. Wie das Schuhplatteln oder das olle Schinkenklopfen. Er jedenfalls, wenn ihm damals so ein unsauberer Geist ans vorpubertäre Wehrgehänge wollte, ließ sich sofort wie ein Stein fallen und stellte sich tot. Dann verloren die Brüder das Interesse. Sie wollten solche, die wie am Spieß brüllten. Den Gefallen tat er ihnen aber nicht. Als Radfahrer hatte er in dieser Hinsicht schon vom achten Lebensjahr an auf schmerzliche Art die männliche Selbstbeherrschung erlernt, wenn er beim Bergauffahren im Stehen mit dem Fuß von der Pedale rutschte! Ihn brachte keiner so leicht zum Brüllen!

Mit viel mehr konnte er auch heute noch nicht aufwarten. Er war weder August der Starke noch Heiner Lauterbach oder Hans Huckebein. Er war nicht mal der heilige Martin von Tours, der einem Bettler vor Ewigkeiten die Hälfte seines Mantels geschenkt hatte und darum am 11.11. in den Abreißkalender kam. Dafür kriegte man heute höchstens Püffe, so leicht wurde man kein Heiliger mehr! Und er als Finanzbeamter sowieso nicht. Er kam bestimmt nicht in den Abreißkalender. Aber der Vogel schien da zu sein, im Korridor piepste wer. »Ich bin wieder zurück, huhu!«, rief Ute zur Tür herein und nahm ihren Rucksack ab und zog das Tuch vom Käfig. Verwirrt stellte Rudi Zietzel fest, dass der Wellensittich keinen Rucksack trug. Seltsamerweise hatte er so etwas Unheimliches erwartet. Das war das Mysteriöse im Menschen. Wie bei Stephen King.

»In der Straßenbahn hat er bei zugedecktem Käfig mindestens zehnmal ›Ich heiße Hansi Sandbäcker!‹ gesagt! Die Leute haben alle gekichert, das habe ich überhaupt noch nicht in Berlin erlebt, dass die Leute in der Straßenbahn alle kichern«, sagte Ute Zietzel und öffnete den Käfig. Der Vogel verließ sofort seine Stange und flog auf Rudi Zietzels Kopf, ein echt komischer Vorgang. Fred Sandbäcker hätte sich vermutlich vor Lachen zerrissen. »Na, nu guckt euch doch mal den kleinen Hosenscheißer an!«, stotterte Rudi Zietzel und hob den Kopf und sah sich im Spiegel an. »Na, so was!«, sagte er und:

»Er ist Mutters früherem Wellensittich wie aus dem Gesicht geschnitten, ganz wie Mutter sieht er auf meinem Kopf aus, nur kleiner. Und grün statt gelb.«

»In fünf Tagen holen sie ihn wieder ab. Fanny Sandbäcker sagt, er ist zahm wie ein Frosch«, sagte Ute Zietzel, und Rudi Zietzel sagte mit dem Vogel auf dem Kopf: »Schade, dass er nur fünf Tage bleibt, sonst hätten wir ihn zu Weihnachten in den Weihnachtsbaum setzen können, da hätte er mal was Kulturelles vom Leben gehabt. Und dekorativ wär's auch gewesen. Aber gleich kommt im Fernsehen was über Spatzen, da kann er als Käfigvogel mal was Wildes, Freiheitliches sehen.«

Fürs Fernsehen schien sich Hansi Sandbäcker dann aber überhaupt nicht zu interessieren, er wollte nicht fernsehen, nicht ums Verrecken! Stattdessen hackte er Rudi Zietzel in die Finger, als ihm dieser den Kopf zur Bildröhre drehen wollte. Rudi Zietzel hätte sich fast das Handgelenk verrenkt dabei und schüttelte den Kopf. Andere durften Gerhard Schröder die Hand drücken, bekamen von Tom Cruise Autogramme, ritten auf Elefanten im Kreise, er aber, wenn er schon mal was erlebte, erlebte was mit einem Vogel, der nicht größer war als ein Kinderüberraschungsei auf Füßen. Bei ihm war immer alles klein, bald benötigte er ein Vergrößerungsglas für seine Erlebnisse! Ute war auch nur einen Meter zweiundsechzig. Ein Wunder, dass er keine Liliputanerin geheiratet hatte.

»So zahm wie ein Frosch ist der Vogel nun aber auch wieder nicht, Ute«, sagte Rudi Zietzel zu seiner Frau und ließ den Vogel fahren. »Dann eben wie ein halber

Frosch«, sagte Ute Zietzel, worauf sich Hansi Sandbäcker in seinen Käfig verzog. Vermutlich aus Protest flog er aber nicht dorthin, sondern lief den Weg hochmütig zu Fuß und begann, mit scheelen Blicken Hirsekörner zu knacken. Die Schalen spritzten nur so durchs Gitter, und Ute Zietzel, etwas heiser von der ungewohnten ornithologischen Aufregung, bemerkte nachdenklich, wie praktisch es doch die Natur eingerichtet habe, dass der Mensch kein Wellensittich sei, weil sonst das Fernsehen völlig überflüssig wäre.

»Darum hole ich mir jetzt erst mal ein schönes Bier aus dem Kühlschrank, Ute, ich hab die Schnauze voll vom Trübsinn!«, sagte Rudi Zietzel. »Man muss was tun«, sagte er. »Das hat schon Kästner gesagt und Lenin erst recht. Den habe ich übrigens auch umsonst gelernt. Genau wie das Rezept von Mutter für die Hackfleischklößchen. Die hat mir auch noch nie einer gemacht. Aber ich bin plötzlich voller Hoffnung. Vielleicht wird dieser Vogel, der jetzt schon seinen Namen sagen kann, seinen Namen in einigen Jahren auch schreiben können. Und du, Ute, solltest mal gurgeln oder was lutschen, Mutter hat bei Heiserkeit immer mit Bibernell gegurgelt.« – »Mit Bibernell gegurgelt«, sagte Ute Zietzel ergriffen. Und dann sagte sie noch: »Warum gibt sich die Natur bloß so schöne Namen wie Bibernell, und wir heißen Zietzel?« Aber da war Rudolf Zietzel schon nicht mehr im Zimmer.

Als ich mir das Rauchen abgewöhnte

Nur der Himmel, liebe Freunde des Gesellschaftstanzes, weiß, warum ich mir vor ungefähr 20 Jahren das Rauchen abgewöhnt habe. Erst heute wird mir nämlich klar, dass das Rauchen noch halsbrecherischer ist als das Schreiben, dann es kann, was uns drohend von jeder Zigarettenpackung entgegenglotzt, zum Tode führen oder unsere Spermatozoen schädigen! Das Schreiben hingegen führt, wenn's ganz schlimm kommt, von der Unsterblichkeit mal abgesehen, höchstens zum Nobelpreis für Literatur. Dieser beglückt dann zwar den Preisträger, aber die zahllosen anderen Schreibenden um ihn herum beglückt er nicht so sehr, weil sich jeder von ihnen viel besser sich selber als Preisträger vorstellen kann.

Wie man sieht, ist das Schreiben auch nicht ganz ohne Risiko!

Trotzdem fragte vor Wochen ein gewisser Henry Knapitzke bei mir an, wie man eine komische Geschichte schreibt. »Wie schreibt man eine komische Geschichte, Maestro?«, schrieb er; und ich antwortete ihm: »Eine komische Geschichte, Herr Knapitzke, schreibt man, indem man eine komische Geschichte schreibt!« Da war er beleidigt und hat mich brieflich mit Dreck beworfen und das Porto zurückverlangt. Trotzdem trifft meine Antwort den Nagel auf den Kopf, denn mit dem Schreiben komischer Geschichten ist es wie mit dem Rauchen, das man sich abgewöhnen will. Wenn mich da einer fragen würde, wie man sich das Rauchen abgewöhnt, würde ich ihm auch nur antworten: »Indem man nicht mehr raucht!«

Diese Tortur habe ich nämlich am eigenen Leib durchgestanden, werte Zeitgenossen! Vielleicht wird der eine oder andere Schlaumeier hier aber dennoch boshaft einwerfen, dass ich vermutlich nur mal sonntags eine gepafft habe, was? Dem halte ich sofort entgegen, dass ich geraucht habe wie ein Schlot. Und trotzdem nie was mit den Spermatozoen. Sie hatten immer gesunde, rote Bäckchen bei mir und machten keinen Kummer. Früher war das Rauchen aber auch, glaube ich, noch nicht so schädlich wie heute. Zigaretten kamen einem da meist wie kleine designierte Lagerfeuer für unsere geschundenen Seelen vor. Ich bedaure es noch heute, dass ich zu rauchen aufgehört habe, und werde mich schwer hüten, je wieder damit anzufangen. Mein Gott, habe ich geraucht! Eine Zeitlang rauchte ich sogar die damals im volkseigenen Handel erhältlichen schweren, süßen chinesischen Zigaretten, die immer etwas nach Mottenkugeln und harten Eiern schmeckten, flüssig hätte man sie auch als Mai-Tai-Soße, süß-sauer, für Frühlingsrollen nehmen können. Von diesen Zigaretten wurde mir immer wundersam schwindlig. Als hätte ich mich wie Stiebners Kleinster auf der Wiese pausenlos um mich selber gedreht. Ich war dauernd auf der Wiese! Morgens nach den ersten drei chinesischen Lungenzügen sagte ich aber manchmal auch staunend zu meiner Frau, dem Klärchen: »Walum lauche ich Lindvieh, wenn ich schon lauche, bloß so stalke Zigaletten, Klälchen?« Ich kann nur jeden davor warnen!

Später ging ich aus Gesundheitsgründen zu Zigarren über und rauchte die Marke FINESSE, zwei Mark für 10 Stück in dottergelber Pappschachtel, unerhörte Stinker und Bronchientorpedos, jeder Lungenzug eine Explosion im Brustkorb! In den USA bei G. Dabbeljuh Bush käme man heute wahrscheinlich auf den elektrischen Stuhl dafür. Im östlichen Lager wurde der Finesse-Raucher nur durchbohrend gemustert.

Mein Kollege Herbert rauchte sogar die Sorte SPRACHLOS. Dazu gehörte aber eine ständige Bereitschaft zum Märtyrertum, als Sprachlos-Raucher lebte man fast außerhalb der Gesetze. Ich glaube, es waren die grauenhaftesten Zigarren im Weltall. Vermutlich ist die DDR auch mit daran zugrunde gegangen. An meiner FINESSE jedenfalls nicht!

Einmal, als ich mit dem Theater für 14 Tage zu einem Gastspiel in Italien war, in Milano und anderswo, nahm ich vorsorglicherweise 25 Schachteln davon mit. Als ich am ersten Abend nach der Vorstellung in einer Kneipe eine zum Wein zu rauchen begann, nickten mir die Mailänder rundum sofort mit geweiteten Nüstern und lodernden italienischen Blicken zu und beneideten mich, wie's aussah, um meine Zigarren, bis ich einige davon verteilt hatte. Des Jubelns war kein Ende! Sie sprechen noch heute von mir nach fast dreißig Jahren!

Nur der italienische Zöllner damals auf dem Flughafen wurde angesichts der 25 dottergelben Schachteln käsebleich, wie Gorgonzola etwa. Als ich ihm aber den Inhalt vorgeführt hatte, rief er begeistert seine Kollegen herbei, und der Zollbetrieb kam ins Stocken. Ergriffen blickten alle in meinen Koffer, als wären da lauter kleine Tiere drin.

Außerdem hatte ich mit den leeren Zigarrenschachteln zu Hause immer praktische Pappen zur Hand, auf denen ich Einfälle festhalten könnte, vor allem beim Warten auf Bus oder Bahn, die sich damals regelmäßig verspäteten. Lief dann ein Mensch an der Haltestelle im Schneetreiben lautlos buchstabierend auf und ab und schrieb manchmal hastig etwas auf Zigarrenschachtelpappen, das war ich! »Wenn Sauerkraut einen Vornamen hat, dann heißt ein Mensch so!«, schrieb ich beispielsweise, um etwas Licht in die Welt zu bringen. Dabei rauchte ich wütend und lief, wie gesagt, immer auf und ab, wie der wahnsinnige Hölderlin am Neckar beispielsweise, und die Menschen an der Haltestelle flüsterten sich zu: »Seht nur, dort, pscht, seht den vagantischen Künstler mit der Zigarrenschachtelpappe, das kann nur einer vom EULENSPIEGEL sein!«

Es war so ähnlich wie bei einem Augenoptiker aus meiner Gegend, einem sanften, ernsten, mageren Geschäftsmann mit etwas Schneckelbeinen, dem ich neulich begegnete, als er mit einer größeren Metallleiter über die Chodowieckistraße lief und diese Metallleiter, ich dachte erst, ich sehe nicht recht, wie eine größere Lesebrille vor sich her trug. Natürlich wusste da jeder sofort, dass man es hier mit einem Augenoptiker zu tun hatte! Vermutlich hätte ein Augenoptiker auch ein aufgeblasenes Schwimmtier von der Größe einer Litfasssäule, ein ulkiges Walross vielleicht, wie eine größere Lesebrille über die Chodowieckistraße getragen. Ein Fleischer hingegen hätte das Schwimmtier ohne Zweifel nicht wie eine größere Lesebrille über die Chodowieckistraße getragen, sondern eher wie ein halbes Schwein, womit ich es aber um Himmels willen bewenden lassen möchte.

So ähnlich jedenfalls war's auch bei mir. Nur nicht mit Metallleitern oder Schwimmtieren, sondern mit Zigarrenschachtelpappen. Und oft sprang auch etwas heraus dabei! »Wenn das Doppelte der Geschäfte, die in Berlin geöffnet haben, in Berlin geöffnet hätte, hätte ungefähr die Hälfte der Geschäfte in Berlin geöffnet, die geöffnet haben würden, wenn alle Geschäfte in Berlin geöffnet hätten!«, schrieb ich. Dazu war überhaupt kein Schwimmtier nötig, nur Zigarrenschachtelpappe! Darum wird vielleicht einst, wenn die Posaunen des Jüngsten Gerichts erschallen, für mich nur eine kleinere, nicht ganz so unbarmherzige Posaune für nur ein kleineres Jüngstes Gericht eingesetzt, was? Auch, weil ich mir doch, wie anfangs gesagt, vor ungefähr 20 Jahren das Rauchen abgewöhnt habe.

Eines Tages nämlich, als ich, von graublauen Wolken umwabert wie bei einem Schwelbrand, gewissenlos rauchend am Schreibtisch saß, wurde mir plötzlich bewusst, dass ich, von graublauen Wolken umwabert wie bei einem Schwelbrand, gewissenlos rauchend am Schreibtisch saß. Da fuhr mir ein trockener Schauer übers Hirn, und ich warf ohne zu zögern die überall in der Wohnung von mir aus Angst vor Notzeiten angehäuften – meine Frau lag auf Knien dabei! – Finesse-Vorräte, all die prachtvollen, dottergelben Pappschachteln, in den großen, vom Fernsehapparat stammenden Pappkarton, der auf dem Hängeboden lagerte. Ein Wunder, dass ich dabei nicht ein einziges Mal von der Leiter fiel. Fortan aber rauchte ich nicht mehr! In der ersten Zeit befürchtete ich zwar infolge des unmenschlichen Nikotinentzugs und weil sich meine Frau wegen meines Nichtrauchens vor Aufregung das Rauchen angewöhnt hatte, ein lebensgefährliches Platzen meines Kopfes oder der für Lungenzüge zuständigen Organe, ich taumelte auch wie ein besoffenes Huhn durchs Gelände und wurde, wo ich vorher nur fett war, nun fett wie ein Schwein, aber als der Frühling kam, als die Drossel sang und der Natur grüne Locken wuchsen, begann mein Arbeitszimmer, statt nach Schwelbränden zu stinken, unaufhaltsam nach Maiglöckchen zu duften, und so dufte ich noch heute, manchmal jedenfalls.

Der Mensch ist eine Tragödie

Neulich im Februar, es war der Tag, an dem Verona Feldbusch im Fernsehen auspackte, wurde ich in der Sparkasse am Kontoauszugsdrucker ganz merkwürdig von der Sonne beschienen. Es musste an den großen Sparkassenfenstern liegen, die vermutlich aus schussfestem Glas waren, das ja – wie alles, was mit Schießen zu tun hat – nicht ganz normal sein soll. Beispielsweise passierte es unserem geliebten Paulchen schon 1964, als er noch nicht größer als der kleinste der sieben Zwerge war, dass er ohne Absicht mit einem Steinchen von der Größe eines Backenzahnes, vielleicht war's auch ein Backenzahn, die Heckscheibe einer in unserer Straße parkenden schwarzen Tatra-Limousine in tausend Stücke zerwichste. Es war schussfestes Glas, wie uns der beschämte Fahrer mitteilte, wir staunen heute noch darüber! Durch so eine oder ihr ähnelnde Scheibe jedenfalls sah ich neulich vom Kontoauszugsdrucker aus auf die Stargarder Straße hinaus. Dabei dachte ich, weil mir beim Kontoauszugsdrucken oft düstere Gedanken kommen, an Stephen Hawking, den Denker, der einige Tage zuvor erklärt hatte, dass das ganze Universum mal eine Erbse gewesen ist!

Als ich das Klara zu erzählen versuchte, entriss sie mir die Zeitung und fragte mich aufgebracht, an welchem Strauch denn nun aber diese Erbse gewachsen sei, irgendwoher müsste ja, selbst wenn sie das Universum werden wollte, auch eine Erbse kommen, oder? Noch ehe ich es ihr beantworten konnte, entdeckte sie glücklicherweise in der Zeitung, dass Elton John zum Ritter geschlagen worden war. »Wenn er nur nicht gerade wie Elton John aussehen würde!«, sagte sie böse – warum die Menschen heute nur so böse sind? –, worauf ich noch einmal an Stephen Hawkings Erbse denken musste, die sicher nichts mit den für gebuttertes Schmorgemüse verwendeten Erbsen zu tun hatte, weil bei der Entstehung des Universums vermutlich noch keiner Appetit auf gebuttertes Schmorgemüse hatte, was nicht gerade ein günstiges Licht auf die Entstehung des Universums wirft.

An solche melancholischen Schlüsselerlebnisse dachte ich beim Kontoauszugsdrucken, aber plötzlich sah ich, weil eben nicht nur am Brunnen vor dem Tore, sondern auch in der Stargarder Straße gegenüber der Sparkasse ein Lindenbaum steht, dass in diesem eine alte Unterhose hing. »Das ist Berlin!«, dachte ich etwas traurig, weil ich schon über 60 und darum meist traurig bin, speziell auf der Sparkasse, aber die alte Unterhose in der Linde war trotzdem typisch für Berlin und noch eindrucksvoller als der Abgeordnete M. Kramer beim Stricken. Wo strickte im Bonner Parlament heute noch einer. »Das ist Berlin!«, dachte ich darum noch einmal, mir wurde aber anhand der wie krepiert dahängenden Unterhose auch klar, wie unzulänglich unser menschliches Streben sogar in Berlin war, die reinste Mehlsuppe. Da musste sich die Bundesregierung, wenn sie hier mal regieren wollte, aber verdammt anstrengen, sonst hingen hier bald bis zum Himmel hoch alte Unterhosen in den Bäumen. Darum dachte ich auch gleich noch, dass der Ostdeutsche Rundfunk Brandenburg, der letztens mein vorzügliches Buch »Schauspielerleben« gelobt hatte – woran sich andere mal ein Beispiel nehmen sollten! –, statt seines nächtlichen Aquariums ruhig auch mal so eine alte, vom Leben gezeichnete Unterhose ausstrahlen könnte. »Wenn Zierfische vielleicht auch schönere Schwänze haben«, dachte ich.

Aber jeder hat nun mal eine andere Vorstellung vom Fernsehen. Man braucht da nur an Goethe zu denken, der bei FERNSEHEN wahrscheinlich nicht – wie Sie, lieber Freund! – an die Olsenbande gedacht hat, sondern an »Zum Sehen geboren, zum Schauen bestellt« oder an ein ausziehbares Messingfernrohr, wie es zum Beispiel Admiral Nelson bei Abukir verwendete, wohingegen ich noch mal verblöden werde durchs Fernsehen. Beispielsweise sehe ich nach dem Abschalten beinahe regelmäßig feurige Kreise vor meinen Augen, manchmal auch Mutter Beimer, wie sie lacht. Es ist die geistige Überlastung und vermutlich noch schlimmer als der Grünenabgeordnete B. Köppl, wenn er im Fernsehen gegen das Rauchen redet.

Glücklicherweise kamen im Februar die Goldene Kamera und die Berlinale dran, wo sich dann auch mal Klara irrte – sich irren kommt ja bei Frauen sonst nie vor. Es begann damit, dass sie abends das Gerät einschaltete und die Fernbedienung immer wieder wie ein Florett nach vorn stieß, weil sie auf irgendeiner der Partys Kevin Costner suchte. »Wolfgang Völz fehlt auch!«, sagte ich tröstend, denn Wolfgang Völz, der sonst nie fehlte,

fehlte auch. »Wahrscheinlich haben die bigotten Hunde etwas gegen die Currywurst!«, sagte Klara, weil Wolfgang Völz ein Freund der Currywurst war und irgendwelche Senatoren an der Currywurst herummäkelten. Sie würden sie schon noch vertreiben aus der süßen Heimat, ich sah's kommen. Bald würde nicht mehr die Russenmafia an allem schuld sein oder El Niňo, sondern die Currywurst. Bald würden unsere vietnamesischen Jugendfreunde außer unverzollten Zigaretten auch noch geschmuggelte Currywürste in der Prenzlauer Allee feilbieten, Seemannslos.

»Der Mensch ist eine Tragödie, Klara!«, sagte ich zu Klara, und von den Bildschirmpartys her wehte ein Hauch von Rüsche, Lack und Wullewulle. Es war wie beim Wiener Opernball, wo fortwährend Kleinkleckersdorf durchkleckerte, alles Wichs und Wolke. Wenn Brecht noch lebte und wirklich, wie einige Intelligenzler behaupteten, Elisabeth Hauptmann war, würde er hier vielleicht im Schlabberlook als Ehrengast auftreten, was? Obwohl man ihn sich ja eigentlich nicht mal mit Tirolerhut vorstellen konnte, oder? »Warum bloß Kevin Costner fehlt?«, sagte Klara, aber Gott sei Dank waren bündelweise andere Prominente da, die beim Klang der Comedian Harmonists Sektkelche leerzwitscherten und sich eine pikante Tafelspitzsülze hinter die Kiemen wuchteten. Sogar Oliver Hasenfratz war erschienen, aber aus dem dicksten Getümmel heraus kam der Clou, von dort nämlich rief der Fernsehreporter: »Der Lindenstraßenwirt Kostas Papanastasiou ist auch da!«

Mein Gott, das war Berlin! Da tat sich was auf, was nicht nur eine große Schnauze war. DER LINDENSTRASSENWIRT KOSTAS PAPANASTASIOU! Wie das klang! Wie klang dagegen BERND KÖPPL? Wer gewöhnte sich bei BERND KÖPPL das Rauchen ab? Wenn er zumindest Kostas Köppl geheißen hätte oder Bernd Papanastasiou! »Wenigstens raucht er nicht auch noch!«, dachte ich, und Klara holte immer neue Kanäle herein, Venedig war ein Dreck dagegen. Plötzlich aber rief sie aufgebracht: »Immer dieselben Köppe! Auf jeder Party dieselben Köppe! Schon wieder Otto Sander! Das ist heute schon die zehnte Party, wo der sich herumdrückt. Die Comedian Harmonists mit Ben Becker auch. Wie halten die das bloß durch? Beispielsweise die Dicke da in der postmodernen Samtkrinoline mit dem Riesenarsch, die wie ein frischer Presssack aussieht, wie hält die das durch? Das ist ja wie auf der Titanic, die reinste Häresie!«

Das sagte Klara und schaltete auf eine andere Party um, wobei sie endlich merkte – ich hatte es schon lange gemerkt! –, dass es gar keine andere Party war, sondern immer dieselbe auf allen Kanälen wiederholte Party, immer dieselbe Party, armer Otto Sander. Trotzdem blieb ich in meinem Verhalten gegenüber Klara die Toleranz selbst, keine zynische Anspielung, sondern gütig wie Jesus, denn wie Jesus kann man im Leben schon manchmal sein, man darf sich nur nicht ans Kreuz nageln lassen. Zudem erschien endlich auch Kevin Costner. »Der echte!«, stammelte Klara wie erlöst, vielleicht war's aber gar nicht der echte, sondern nur Wolfgang Völz, etwas geliftet, wie? Vielleicht gab's auch keine alte Unterhose in der Linde? Und keine Linde. Alles nur Illusion und Chimäre, schon mit dem Jungfernkranz auf dem Kopf altbacken, was? Limonentörtchen hatte es jedenfalls auf der Party gegeben, das hatte ich gesehen: himmlische Limonentörtchen, bei deren Anblick ich mir nicht vorstellen konnte, dass das Universum mal eine Erbse war – eine Erbse, nie, ein Limonentörtchen, ja! Auch eine hellgrüne, brave Linde konnte ich mir statt der Erbse vorstellen, selbst wenn eine alte Unterhose drinhängen würde!

Als mich einer im Tirolerhut nach der Knaackstraße fragte

In der zweiten Januarhälfte, nachdem der Schnee erst mal ziemlich hastig weggetaut war, gab's mehrere hübsche Frühlingstage in Berlin. Den Fernsehwetterbericht dafür hätte Kachelmann eigentlich mit hoher Stimme singen müssen. Er hat's verpasst! Ich aber, als ich an einem dieser schönen Tage aus dem Haus trat, ich lächelte sofort dem Morgen entgegen. Trotz der miesen Zeiten. Im Frühling lebt der Mensch auf. Da bleckt er die Zähne. Als ich sieben Schritte gelaufen war, kam aber dann schon dieser blasse Mensch im Lodenmantel auf mich zu. Am Tirolerhut wippte der Gamsbart.

»Der macht sich das Leben schön!«, dachte ich, weil ich manchmal auch gern so was Hübsches wie einen Gamsbart gehabt hätte. Der Osten hat mich aber in dieser Hinsicht hängengelassen. Außerdem habe ich keinen Hutkopf. Erich Honecker, obgleich ein fleißiger Hutträger, trug meines Wissens keinen Gamsbart am Hut, falls er's nicht auf irgendwelchen Geheimjagden tat. Vermutlich aus Parteidisziplin. Bei ihm hätte mich nämlich ein Gamsbart nicht überrascht. Er hatte sogar, will mir scheinen, etwas Gamsbärtiges an sich. Aber die DDR war kein Gamsbartland.

Ich hingegen trug bereits unter Ulbricht sackige Konsum-Unterhosen, die blauen, Freundschaft siegt! Meine Frau sagte schon immer: »Du mit deinen Konsum-Unterhosen!« Dafür musste ich keine Angst um meinen

Arbeitsplatz haben. Freilich in sackigen Konsum-Unterhosen.

Von solchen Kleidungsstücken war der Blasse himmelweit entfernt. Selbst der Gamsbart sah bei ihm durchgeistigt aus. Sicher ein Westdeutscher, ein Oberförster oder so, wahrscheinlich einer aus Lüdenscheid – von dort hatten mich nämlich schon mal 1997 zwei nach der Jablonskistraße gefragt, die hatten's mit den Straßen! Etwas misstrauisch, wie es mir vorkam, fragte er mich, ob ich, bitte schön, hier in der Gegend Bescheid wüsste. Ich lachte trocken und dachte: Jetzt wird er gleich nach einer Straße fragen! Dann sagte ich: »Ich bin hier zu Hause!« Hätt ich's nur nicht gesagt, ich dummer Hund! Ob ich ihm dann, sagte der Mann, bitte schön, sagen könnte, wo die Knaackstraße ist!

»Die Knaackstraße!«, sagte ich gerührt, als wär's mir eine besonders liebe Straße. Gleichzeitig begann ich mich aber auch zu freuen, denn der einfache Mensch, der meist die Schnauze halten muss und keine Goldene Kamera bekommt, sagt dem anderen Menschen ganz gern mal, wo's langgeht. Wie mir aber schnell klar wurde, kam ich momentan nicht drauf, wo sich die Knaackstraße befand. Das war zwar ein wenig unangenehm für mich, aber man sollte dabei auch nicht vergessen, dass es in meiner Ecke Straßen wie Sand am Meer gibt. Darum nickte ich erst mal ulkig, wie es Berliner Art ist, und sagte: »Ja, ja, die Knaackstraße!« Als hätte ich da ganz spezielle Erinnerungen.

Derartige Eiertänze machen den Gesprächspartner manchmal locker, manchmal nicht. Außerdem bin ich aufgewachsen in Sachsen, wo ebenfalls oft genickt wird, und Edelgard Lindemann, deren kleine Brüste manchmal wie junge Meerschweine unter der Bluse bebten, auf mich aufpassen musste, wenn meine Eltern im Kino waren. Ich war noch keine sechs damals, aber dieses Beben habe ich mitbekommen, so was macht einen standhaft fürs Leben, da lässt man sich selbst als alter Knochen nicht verrückt machen, wenn einer nach der Knaackstraße fragt.

»Da sind Sie ja in einer gar nicht so üblen Gegend zu Hause, wenn Sie hier zu Hause sind«, bemerkte der Forstbeamte an dieser Stelle etwas mokant. Vermutlich, weil ich ihm immer noch nicht richtig geantwortet hatte. »Wie man's nimmt«, erwiderte ich und zuckte mit den Schultern. Dieser arglose Oberförster! Wo meine Wohnzimmerfenster vor noch nicht mal 14 Jahren direkt der Stasi-Dienststelle auf der anderen Straßenseite gegenüberlagen! Wahrscheinlich wurde ich damals gnadenlos beobachtet, observiert von den Tschekisten, was? Obwohl ich einige von ihnen vom Zunicken beim Bäcker kannte. Ich wusste damals nur nicht, dass sie es waren. Ich werde zwar heute, wie ich mit Erstaunen merke, meinen Filzpantoffeln immer ähnlicher, aber damals war ich ein Kerl, dem man seitens der staatlichen Sicherheitsorgane allerhand Landesverräterisches zutrauen konnte, ein unsicherer Kantonist, der seine Fernsehantenne auf dem Hausdach nach dem Westen gedreht hatte und manchmal nackt in der Wohnung rumlief.

Davon hatte der blasse Oberförster natürlich keine Ahnung. Er sah mich nur immer wegen seiner Knaackstraße an, fast schon herausfordernd. Wo mir sogar gerade der Geburtstag von Kaiser Wilhelm eingefallen war. Kurzentschlossen beschrieb ich ihm erst mal den Weg zum Naturkundemuseum. So wusste er wenigstens, dass ich zumindest das wusste. Er hatte keinen Idioten vor sich!

Warum aber hatte er mich beispielsweise nicht gefragt, was es bei uns zu Mittag gibt? Immer wurde man das gefragt, was man nicht wusste! Schon in der Schule. Immer fragten sie das Falsche. Darum bin ich vielleicht auch zum Theater gegangen. Beim Theater war damals sogar das Falsche richtig, da kam man überhaupt nicht mehr durch. Speziell die Regisseure wussten mehr als der liebe Gott, wenn sie nicht sogar manchmal der liebe Gott waren. Zumindest machten einige von ihnen den Eindruck, als hätten sie bei der Erschaffung der Welt als Berater mitgewirkt. Manchmal macht leider auch die Welt diesen Eindruck.

»Da vorn«, sagte ich ein wenig drohend zu dem Lüdenscheider, »ist schon mal die viel wichtigere Danziger Straße, die frühere Dimitrofftraße, nach Georgi Dimitroff benannt, der durch den Reichtagsbrandprozess bekannt wurde und später bulgarischer Ministerpräsident war!« Das sagte ich, und dann sagte ich noch: »Den haben sie nach seinem Tod im Mausoleum in einem Glassarg ausgestellt, zum Angucken. Genau wie Lenin und Stalin. So was hat mich immer an Schneewittchen und die sieben Zwerge erinnert und an die kirchlichen Reliquien, an die heiligen Finger oder Nasen in goldenen Schnupftabakdosen mit Guckfernstern. Wir haben zwar hier in der Umgebung auch den Ritter Kahlbutz zum Angucken, aber nicht unter einem Glassturz. Darum liebe ich auch«, setzte ich hinzu, »den amerikanischen Komiker Dabelju C. Fields, der wollte auf seinem Grabstein nur die Inschrift haben: ›Eigentlich wäre ich ja lieber in Philadelphia!‹«

Das sagte ich zu dem ziemlich nervösen Sauerländer, der mich bereits zu knuffen begann.

Mein Gott, schon als Säugling soll das Kind von heute in ganzen Sätzen antworten und möglichst noch vor seiner Einschulung eine abgeschlossene Schulbildung haben und seine Schulbücher selber kaufen, aber wenn sein Großvater, der nach den Vorstellungen der CDU seine neuen Zähne bald selber zu bezahlen haben würde, mal die Knaackstraße nicht wusste, dann sträubte sich den Herrschaften sofort der Gamsbart am Tirolerhut! Ich konnte ja den Sauerländer kaum noch am Mantelärmel festhalten. Dieser Mann hätte mich vermutlich auch als Ramses II. nach der Knaackstraße gefragt. »Machen Sie's gut, Kamerad, ich muss los, muss morgen früh wieder zu Hause in Görlitz bei der Arbeit sein, bin doch Koch, muss vorkochen!«, rief er und riss sich gewaltsam von mir los. »War auf der Grünen Woche und will mich endlich mal bei meiner Kusine in der Knaackstraße sehen lassen, verdammt noch mal, find den Weg schon alleine!«, fluchte er.

»Nur zu, Kamerad, nur zu!«, stammelte ich, worauf sich der ungeduldige Mensch mit zitterndem Gamsbart in Bewegung setzte, die Raumerstraße hoch, an der Senefelderstraße vorbei, geradeaus, geradeaus, bis er immer kleiner wurde; und wenn er nicht plötzlich, ich sag's mit aller Offenheit, Koch aus Görlitz gewesen wäre, hätte er immer noch ein Oberförster aus Lüdenscheid sein können, nur eben, weil er schon an der Dunckerstraße war, ein ganz kleiner. Da lief er nun, und ich sah ihm nach. Hätte er sich lieber einen Stadtplan gekauft für diese verfluchte Stadt mit ihren vielen Straßen!

Sogar Picasso hat ferngesehen, jawohl!

Es mag unglaublich klingen, aber in meiner Kindheit gab's noch kein Fernsehen! Später gab's aber dann um so mehr. Selbst wir Zonenkrümelmonster wurden damit überschüttet, da war die Genossin Geschichte nicht knickrig. Aber meine beiden Großväter Johann und Ewald – mögen sie auf Rosen tanzen! – haben zeitlebens überhaupt nicht fernsehen können, und sie wussten nicht mal, dass sie es nicht konnten. Auch Bismarck und Hans Huckebein nicht. Nicht mal Kaiser Wilhelm, der alte Knochen. Und heute? Heute finden in dieser Hinsicht Vorgänge statt, die bis in die Psychiatrie hineinragen.

Wenn ich da zum Beispiel im Fernsehen nur mal eine ganz gewöhnliche Uhr sehe, sagen wir, eine Bahnhofsuhr auf der Victoria-Station in London in einem alten englischen Krimi, dann vergleiche ich sofort reflexartig die Zeit auf der Bahnhofsuhr mit der Zeit auf meiner Armbanduhr und bin ganz bestürzt, dass beide Zeiten nicht übereinstimmen. Es ist die Reaktion eines Idioten, ich weiß, aber dem Nutzer elektromagnetischer Wellen passieren solche Dinge.

Oder wenn im Fernsehen in einem amerikanischen Thriller bei einem Anwalt in Los Angeles, Kalifornien, das Telefon klingelt: Dann springen wir beide, meine Frau aus ihrem Zimmer und ich aus meinem, jedesmal in den Korridor zu unserem Telefon, weil es genauso klingelt wie das Telefon in Los Angeles. Obwohl mich meine Frau dann ironisch mustert und so tut, als sei sie nur in den Korridor gekommen, um zu sehen, ob ich mich schon wieder geirrt habe, nehme ich's gelassen, denn es hält meinen Kreislauf in Schwung – hoffentlich.

Ich glaube, keiner, bis auf stille, anspruchslose Lebewesen wie Regenwürmer und Suppenschildkröten, kann sich dem Fernsehen entziehen, höchstens, dass mal einer sein Gerät an die Wand schmeißt. Ansonsten sind wir dem Fernsehen verfallen, es ist elementar wie selbstgemachter Rharbarberwein, vor allem bei Fußball-Länderspielen, dem Musikantenstadel und Rosamunde-Pilcher-Verfilmungen. Sogar Picasso, von dem ich glaubte, dass er sich nach Schichtende außer Frauen nur seine Gemälde angesehen hat, hat, wie ich im Fernsehen in einer Dokumentation über ihn von ihm hörte, gern ferngesehen! Ob es sich dabei um den Musikantenstadel gehandelt hat, weiß ich nicht. Beim normalen Bürger ist der Sog des Bildschirms aber wirksamer, glaube ich, schon weil er keine Bilder malen muss und mehr Zeit hat.

Manche Leute haben zum Beispiel bereits so viel ferngesehen in ihrem Leben, dass sie statt dessen ganz bequem sechs Fremdsprachen und das Kunstradfahren hätten erlernen können. Aber sie sehen sich lieber Kriminalfilme, Katastrophenfilme, Science-Fiction-Filme, Wildwestfilme und Kriegsfilme an und bekommen davon Augenränder wie Asta Nielsen. Obendrein gibt's im Fernsehen dann auch noch – überflüssigerweise – echte Kriege zu sehen, wo die Einschaltquoten in die Höhe sausen wie beim »Hau den Lukas« der Bolzen, wo dann oben die Glocke bimmelt und alle »Aaah!« sagen. Aber unsere Fernsehgeräte müssen ja auch nicht in den Krieg ziehen und sich dort totschießen lassen. Obwohl man's ihnen manchmal wünschte.

Außerdem beschert uns das Fernsehen immer wieder mal Glanzstücke der Schickeria, es ist zum Kotzen schön! Und viele Gewinner treten auf, Propheten, Geldsäcke, Genies, Oberbosse, Präsidenten, Weltmeister, Kapitalisten, Quizmaster, Götter, Superstars, Knallschoten, die Crème de la Crème der Prominenz, Gewinner, Gewinner, Gewinner, wobei es neulich beim Anblick von nur einigen dieser Personen dem Sachbearbeiter Hesselmann durch den Kopf ging, dass er nach 40 000 Jahren Menschheitsgeschichte zwar ein Lebewesen mit 1 400 Kubikzentimeter Gehirn im Kopf ist, aber immer noch nicht weiß, warum. Und dass er außerdem seit zwei Jahren keine Arbeit hat und seit drei Monaten 500 Euro Schulden bei seiner Schwester. »Schöne Scheiße!«, hat Hasselmann hierauf richtigerweise gedacht, denn wenn man in die Dinge eindringt, kann man auch was herausholen, vorausgesetzt, man kommt wieder raus, ja, ja.

Natürlich kann man im Fernsehen auch noch 999 andere Sachen erleben, unter anderem die Schmalztolle von Götz Alsmann und die beliebten Strumpfhosenmänner Superman, Spiderman und Batman. Und viel Schnee von gestern gibt's, denn im Fernsehen gibt's alles, nur Arbeit für den Sachbearbeiter Hasselmann gibt's nicht. Dafür gibt's aber vermutlich mehr Außerirdische im Fernsehen als im ganzen Universum. Da werden wir armen Menschen trotz oder wegen unserer großen Schnauzen dann wohl doch die einzigen Lebewesen im Weltall sein, was? Nicht mal die kleinen grünen Männer wird's geben, von denen ich mir immer etwas Segensreiches für uns erwartet hatte, ein wirksames Mittel gegen das schädliche Rauchen zum Beispiel – ich dachte da an eine gute außerirdische Zigarette. Aber alle Sorgen scheinen an uns hängenzubleiben. Was mit den Menschen von OBEN her gemacht wird, Frau Steinsberger, ist sowieso schon grauenhaft genug, doch dann machen auch noch die Menschen was mit den Menschen, und außerdem ist man ja auch noch selber da, mit dem man was mitzumachen hat! Bloß gut, daß es Flaschenbier gibt, was? Und das Fernsehen! Das Fernsehen, meine Damen und Herren, hört nicht auf, man hört eher selber auf als das Fernsehen.

Vor allem hört die Werbung im Fernsehen nicht auf. Da sitzt einer vielleicht gerade quietschvergnügt vorm Bildschirm beim Flötenkonzert, spreizt erwartungsvoll die Zehen und die Trommelfelle, nimmt ab und zu einen Schluck Kamillentee, öffnet sich der Kultur, ist vorbildlich, und plötzlich, an der ersten ergreifenden Stelle, die Welt beginnt zu leuchten, muss er mal! Es pressiert sozusagen, der Mann fängt an, mit den Zähnen zu knirschen und innerlich zu randalieren, seine Nerven treten Wasser. Aber schon unterbrechen die Programmlenker, angeleitet von vernünftigen Geschäftsleuten und Pragmatikern, das Programm mit einem Werbeblock für unseren Mann, und nun kann er mal. Und wenn er zurückgekehrt ist mit klarem Aug', geht's schon bald weiter bis zum nächsten Werbeblock.

Alles in allem ist das Fernsehen jedenfalls eine einfallsreiche Institution, ja, ein saumäßiges Riesengaudi, man sollte nicht verzweifeln daran. Darum wünschen sich wahrscheinlich auch einige verwirrte Politiker, dass es in Bussen und Bahnen installiert wird. Aber auch bei der Bundeswehr wär's angebracht, meine Herren, vor allem in Panzerfahrzeugen, damit's beim Schießen nicht so öde wird. Für Marschierer, Radfahrer und Fußgänger hingegen könnte ein Fernseh-Brustrucksack in bequemer Meerschweingröße eine Bereicherung darstellen.

Nur der Geruch, der den Dingen anhaftet, fehlt beim Fernsehen. Das ist zwar nicht immer übel, aber ich bin infolge einer Hungerkur schon so weit, dass ich bei Sendungen, wo besonders appetitlich gekocht und geschmorgelt wird, einige der Zutaten zu riechen beginne! Sie müssen wohl schon hohle Drähte oder Geruchsübertragungsdüsen ins Kabel eingearbeitet haben, die Teufel!

Vielleicht wohnen die Menschen in 100 oder 200 Jahren sogar in ihren Fernsehern und wollen gar nicht mehr raus, wie? (Die Welt ist voll von Fehlentwicklungen.) Vielleicht werden sie teilweise sogar selber zum Fernsehen, haben überall Lötstellen und bekommen nach und nach rechteckige Köpfe oder wenigstens rechteckige Nasenlöcher, was ihnen ein sinnliches Aussehen verleihen würde und ein Grund zum Aufatmen wäre. Schöne Zeiten kommen da auf uns zu. Der Fernsehzuschauer ersteigt Erfahrungshöhen wie Reinhold Messner einst Achttausender. Ein Hoch dem Fernsehen! Man kann sich in ihm sogar Filme ansehen über jene wunderbaren Zeiten, wo es noch gar kein Fernsehen gab und man draußen vorm Fenster die Bäume im Abendwind rauschen hörte.

Der Sternenhimmel und andere Künste

Früher wurde ich beim Anblick der Sterne still wie eine Grützwurst. »Seht nur, wie geheimnisvoll das Universum lächelt, ihr Musbacken!«, sagte ich ins Sternengewimmel hinein und breitete die Arme aus: Frohlocket! Das war die Zeit, als ich noch keine Krampfadern hatte und die Wirbelknochen beim Bücken noch nicht wie alte Scheunentorangeln knarrten. Da habe ich den Sternenhimmel geliebt, weil er so trostreich und feierlich über uns thronte und die Schnauze hielt. Sein Anblick war eine Lust.

Dann fuhr das Leben, das Vieh, dazwischen, der Rausch der Jugend verkrümelte sich, es knarrten die alten Scheunentorangeln. Vielleicht habe ich auch zu viel nach oben geguckt im Leben, wer weiß? Jedenfalls machen mir Pellkartoffeln heute manchmal mehr Eindruck als der Sternenhimmel. Sonst hätte ich vermutlich am vergangenen Samstag den Sirius – oder erst mal nicht den Sirius ... – weil die Sache schon am vorletzten Montag angefangen hatte, als ich Dr. Salzmann mit dem dicken, mürrischen Klempner vom Helmholtzplatz, einem hässlichen Menschen (in amerikanischen Filmen würde er den Mörder spielen), in der Senefelder Straße stehen sah, genau vor der Kirche, die Glocken begannen soeben mächtig fromm zu bumsen.

Als ich dazu trat, schrie Dr. Salzmann gerade: »Schreiben Sie doch mal ein Buch, Herr Matauschke, das hier ist Herr Conrad, der hat schon etliche Bücher geschrieben und sieht auch nicht anders aus als Sie!« Der dicke Klempner lächelte verstopft und zuckte mit den Schultern. »Sie kriegen doch das Leben mit – bis in die Toiletten hinein, Meister!«, schrie Dr. Salzmann. »Das gäbe doch ein hübsches Buch!«

»Det mag schon sein, nur de Szeit is zu knapp«, rief der Klempner, er sang es fast, und die Glocken dröhnten.

Es war wie in der chinesischen Oper, und wie ich den Laden kannte, würde der alte, fette Sack so schnell wie möglich ein Buch schreiben. Vielleicht wär's auch gar nicht übel, wenn ein völlig normaler, womöglich etwas blöder Mensch aus dem Osten einen Bestseller über das Hartlöten und das Auswechseln von Toilettenbecken schriebe, mit Einzelschicksalen natürlich. Liebevoll nickte ich dem Klempner zu.

Sollte dieser fette Himmelhund ruhig mal was Delikates schreiben, Buchstaben gab's genug. Sollten überhaupt alle was schreiben, man muss ja nicht jeden drucken, mir genügte es völlig, wenn sie mich druckten.

Diese Gedanken beruhigten mich zwar etwas, trotzdem bin ich – obwohl die Glocken nicht mehr detonierten und Dr. Salzmann mich und meine Frau (glücklicherweise nicht auch noch den Klempner) für Samstag zur Erdbeerbowle eingeladen hatte – etwas beleidigt nach Hause, um zu fluchen und über das Schreiben nachzudenken. Mich ärgerte eben, dass Dr. Salzmann mich mit diesem Klempner verglichen hatte: »Schreiben Sie doch mal ein Buch, Herr Matauschke, Herr Conrad schreibt auch Bücher!« Ja, von wegen!

Warum hatte er sich nicht selber als Beispiel genommen und zu dem dicken Klempner gesagt: »Nehmen Sie doch Ihrer Gattin mal den gereizten Blinddarm raus, Herr Matauschke!« Aber das hat er nicht gesagt, vor gereizten Blinddärmen schien Dr. Salzmann mehr Respekt zu haben als vor mir.

Das hat mich geärgert. Weil es von einem Menschen kam, der mir einmal geschworen hatte, er wolle immer das für mich sein, was Carl Ludwig Schleich, der Erfinder der örtlichen Betäubung, für August Strindberg gewesen ist: ein Freund. Und erst neulich hatte er gesagt, wenn ich vor 25 Jahren nicht krankenversichert gewesen wäre, hätte er mir damals meinen eingeklemmten Bruch auch kostenlos operiert. Und jetzt das! Wo ich schon als Zehnjähriger beim Aufsatzschreiben mit 15 engbeschriebenen Seiten einer der drei Sieger in der Klasse gewesen bin! Ich kannte das Leben. Zwei Jahre später hat mir mein Vater sogar den großen Schreibtisch aus frischem, gewaltig nach Nadelwald duftendem Kiefernholz tischlern lassen, auf dem ich aber erst mal monatelang schlafen musste, weil alle Betten von unseren ausgebombten Verwandten aus dem Ruhrgebiet belegt waren.

In jener Zeit bin ich steif wie ein Brett rumgelaufen und habe unerhört nach Nadelwald gerochen. Manchmal auch wie ein Latschenkiefernölfußbad. Wo ich eigentlich viel lieber nach gar nichts gerochen hätte und Kunstradfahrer geworden wäre! Ich war jedenfalls so verzweifelt, dass ich, obwohl ich mich noch nicht mal rasieren musste, zu schreiben anfing. Zuerst waren das sehr traurige Sachen über Nadelbäume: traurige Tannen, traurige Fichten, traurige Föhren, traurige Latschenkiefern. Mir war eben so. Erst als meine Mutter beim Lesen in Tränen ausbrach, bin ich von der Verzweiflung abgerückt, was bis heute angehalten hat, obwohl das Schreiben, wenn es einen gepackt hat, nur widerwillig zulässt, dass eine Sache erfreulich ausgeht. Das Schreiben hat einen Charakter wie Heiner Müller und möchte, dass die Tragödie siegt. Ich aber nicht! Ich liebe altmodische, trostreiche Schlüsse, wo man beim Lesen im Bett etwas weinen muss oder zu lächeln beginnt wie jemand, der seine Fotos vom Entwickeln abgeholt hat und sie noch unterwegs betrachtet. Heiner Müller dagegen würde mir im Bett nichts geben, ich würde nur nervöse Zehen kriegen von seiner brockigen Düsternis. Auch in der Literatur sollte das Leben nicht nur so sein, wie es ist, sondern auch mal so, wie es sein sollte.

Natürlich gab's schon immer große Leute auf Erden, die in der Kunst nicht mal das Wort NUDELSUPPE ertragen konnten. Ich glaube zum Beispiel nicht, dass Stefan George je über Nudelsuppe geschrieben hat. Aber Nudelsuppe gibt's nun mal, und zwar in vielen prachtvollen Variationen. Darum sollte sie auch besungen werden, nicht nur registriert. Und dafür sind eben auch Leute da, Männer mit großen Ohren und einem archaischen Appetit, Männer, die eine Lust in sich verspüren, über Nudelsuppe zu schreiben, denn die Lust, die Luhust ist es, die schon Homer zum Kugelschreiber greifen ließ.

»O Lust des Beginnens!«, sagt ja wohl auch Brecht, der Gatte meiner ehemaligen Chefin, womit er vielleicht auch den dicken Klempner vom Heimholtzplatz gemeint hat, obwohl der Name Matauschke bei Brecht nicht vorkommt.

Das alles versuchte ich am Samstag dem erstaunten Dr. Salzmann und seiner Frau und meiner Frau zu erläutern, wobei ich wegen der Erdbeerbowle einen so roten, dicken Kopf bekam, dass meine Frau mich drohend zu mustern begann und ich auf Salzmanns rosagefliester Toilette sogar vor meinem Spiegelbild erschrocken bin. Obwohl der Klempner nicht zugegen war, musste ich immer wieder an Dr. Salzmanns »Schreiben Sie doch mal ein Buch, Herr Matauschke!« denken, denn etwas mehr als das Löten von Mutter Matauschkes Wärmflasche verlangte das Schreiben eines Buches nun doch vom Menschen. Auch als pensionierter Facharzt hätte Dr. Salzmann das wissen müssen – und dass ich besser aussehe als dieser Klempner!

Damit will ich aber nichts gegen die Klempnerei sagen, mein lieber Vater war ebenfalls Klempner, und meine liebe Mutter hat kupferne Wärmflaschen vergöttert. Sollte doch dieser Matauschke mit seinem Buch Auflagen wie Hermann Hesse mit dem »Steppenwolf« erzielen, er konnte mir den Buckel runterrutschen.

Darum bin ich dann auf Salzmanns Balkon hinaus und habe Dr. Salzmann trotz seines rosagefliesten Bades und der vorzüglichen Bowle kräftig beschimpft. Mitten in sein Gesicht hinein wollte ich's nun aber doch nicht tun, so taktvoll war ich trotz meiner Krampfadern und der vielen Bowle noch immer. Außerdem befand er sich gar nicht auf dem Balkon, sondern im Wohnzimmer.

Darum habe ich dann eben dem Sternenhimmel die Leviten gelesen. Den anfangs erwähnten Sirius, wenn er's überhaupt war, habe ich sogar »Alter Arsch!« genannt! Ich glaube, er errötete etwas dabei, ich tu's auch nie wieder.

Danach hat mir Dr. Salzmanns Erdbeerbowle noch mal so gut geschmeckt, woran man erkennt, wie positiv es sich auswirken kann, wenn die Menschen ehrlich zueinander sind. Meine Seele blühte auf. Draußen in der Linde, aufmerksame Leser und Jugendfreunde, die Drossel – hören Sie, wie das Vieh Koloraturen flötet? Ich glaube, wenn das Leben nicht gerade wieder mal ein wenig zum Kotzen ist, dann ist das Leben durchaus auch mal eine Lust – oder, wie die Operette sagt, lebenswert!

Ein beinahe bukolisches Gespräch im Nebel

Mitte November war's, im vergangenen Jahrtausend, an einem klammen Vormittag im Nebel, da bin ich losgezogen, weil meine alten DDR-Pantoffeln in Fetzen hingen. Ich benötigte neue Filzlatschen, Brüder, solche, wie sie mein Vater getragen hatte, mit denen er immer nach mir warf, wo er immer »Ah!« sagte oder »Oh, verflixt noch mal, Frau Gemeindevorsteher!«, wenn er abends hineinfuhr. Meine drei Söhne fingen auch schon mit Filzpantoffeln an, ein Familienfluch, von Generation zu Generation weitervererbt wie der rheinische Karneval oder die Blutrache auf Sardinien, die Vendetta, nur gefüttert und bukolischer, beinahe, wenn mir dieser Vergleich gestattet ist, wie Hausmacherleberwurst an den Füßen!

Mitten auf dem Alexanderplatz erblickte ich dann schon von der U-Bahntreppe her Henry Balitzke, der mich immer »Onkel« nennt, und den arbeitslosen Schauspieler Willi Motte, wie sie im Durchzug – der Nebel waberte, Mottes Rucksack hüpfte – heftig aufeinander einredeten. Natürlich wollte ich, weil ich nicht immer »Onkel« genannt werden wollte und weil ich eigentlich, wie mir plötzlich klar wurde, infolge meiner dauernden hemmungslosen Zeitungsleserei die Schnauze dauernd voll hatte, an den beiden vorbeihuschen, ich Schwein, aber sie hatten mich schon gesehen.

»Na, Onkel, wohin, wohin?«, rief Balitzke auch gleich hocherfreut, wobei er ganz merkwürdig nach Apotheke mit einem Schuss Pferdestall roch. »Ich geh mir nur Pantoffeln kaufen«, antwortete ich. »Pantoffeln?«, rief Balitzke erschrocken. »Der Alexanderplatz ist von Klötzen umstellt, Onkel, da haben Pantoffeln zu schweigen! Gerade sag ich zu Willi, dass es am Potsdamer Platz sogar noch klotziger aussieht. Im Fernsehen hat das neulich auch der Regisseur Peymann gesagt, der Neuberliner. Es ist eine Hauptstadt mit zuviel Klötzen im Straßenbild, hat er gesagt, und er hat Angst, dass von so einer klotzigen Hauptstadt eine klotzige Politik ausgeht. Und dann hat er noch Bonn als Beispiel für keine klotzige Politik angeführt. Trotzdem ist er nicht Intendant in Bonn geworden, sondern in Berlin, wo die Klötze sind, denn was so ein richtiger Künstler ist, der muss dauernd für eine shakespearsche Zerrissenheit in seiner Brust sorgen, der will weinen!«

»In Berlin«, sagte Motte, »gibt's zwar mehr Baucontainer als Gebäude, und die Gebäude sehen dann auch noch wie Baucontainer aus, aber bei meiner Mutter in Kreuzberg das gusseiserne Denkmal oben am Wasserfall im Victoriapark, das hat sogar Spitzen, was ganz Unklotziges!«

»Und das Planetarium in der Prenzlauer Allee ist kugelförmig, da wird die Politik rund und planetarisch!«, sagte ich, und Henry Balitzke rückte mir, obwohl ich immer mehr zurückwich, immer mehr auf die Pelle. Ich wusste schon gar nicht mehr wohin mit dem Mund! Aus so großer Nähe will man schließlich keinen anatmen, höchstens Tiere, aber auch die nicht gern. Obwohl ich nur nach Parodontal rieche, wenn ich mal rieche, sagt meine Frau. Ich sprach also seitlich an Balitzke vorbei, was eigentlich gar nicht so übel war, denn die Ohren befinden sich ja auch seitlich. Warum spricht man eigentlich nicht grundsätzlich seitlich vorbei?

»Früher war's einfacher«, sagte ich jedenfalls, »da hat Erich Honecker gesagt, was klotzig ist und was nicht. Selbst die Götter waren früher einfacher. Und das Wetter sowieso!« – »Früher war das Wetter richtig, Onkel«, sagte Balitzke, »wenn's für die LPG richtig war. Und im Westen war's genauso, nur ohne LPG. Da hatten wir den Frühling im Frühling, den Sommer im Sommer, den Herbst im Herbst und den Winter im Winter. Danach hat sich der Meteorologe gerichtet und sich nicht mit schönem Wetter hervortun wollen, sondern mit richtigem Wetter, sonst gab's was auf den Kürbis! Früher war die Hauptsache am Wetter die Halmfruchternte und die Hackfruchternte, sogar für Intendanten. Heute, wo's keine LPG mehr gibt, aber die Meinungsfreiheit und das Kohlendioxyd, ist das Wetter demokratisch geworden und macht, was es will, da bricht plötzlich im Januar, mittwochs, dreiviertelzwölf, der Frühling aus, und der Mensch taumelt wie besoffen durch den Südwind!«

Henry Balitzke sah uns befriedigt an. »Unsereiner macht sich eben auch seine Gedanken, nicht nur der Spiegel«, sagte er. »Darum muss ich jetzt auch noch an meine Jugend denken und an Griesemanns Bärbel in Elsterwerda und wie alles so unfertig ist im Leben und so unfertig bleibt infolge der Treulosigkeit von Mensch und Zeit und dass eigentlich alles eine gnadenlose Scheiße ist, weshalb einem ja nun auch noch, obwohl man das alte noch gar nicht geschluckt hat, ein neues Jahrtausend vorgesetzt wird – 2000mal Silvester seit Christi Geburt, was da weggesoffen wurde!«

Henry Balitzke schauerte zusammen und sagte: »Ach herrje!«, wobei es nach Latschenkiefernöl und Krauseminze mit etwas Ammoniak roch. »Ein seltsamer Gestank!«, sagte ich verwundert.

»Leider ja«, sagte Balitzke, »meine Frau benutzt nämlich neuerdings eine Einreibung, die so stark riecht, dass sie sich nach dem Einreiben eine Viertelstunde lang die Hände waschen muss, damit wenigstens die Hände nicht mehr nach der Einreibung riechen. Danach aber riecht die Seife so stark nach der Einreibung, als wäre sie aus der Einreibung hergestellt, und darum rieche eben auch ich jetzt öfter nach der Einreibung. Neulich, als unsere Treppenhausbeleuchtung nicht funktionierte, hat im Dunkeln sogar jemand ›Guten Abend, Frau Balitzke!‹ zu mir gesagt! Man wird alt, man riecht, im Nebel schwimmt das Rübenfeld!«

Mit dem Rübenfeld meinte das dumme Luder sich, es war allegorisch, und ich stellte mir das Rübenfeld im Nebel vor, wie es schwamm, Rübe an Rübe, und alle sahen wie Balitzke aus und rochen wie die Einreibung seiner Frau! »Und aus den Rüben steiget der weiße Nebel wunderbar«, dachte ich mit meinen kalten Füßen, und an Pantoffeln dachte ich und wie wohnlich Pantoffeln waren und nicht, wie Stahlhelme, schädlich für den Kopf. Pantoffeln konnte man dutzendweise auf dem Kopf tragen! Am Tag zuvor erst kam ein blasser Mensch aus dem Penny-Markt, der trug einen ganzen Karton voll Pantoffeln, das Paar zu 9 Mark 99, auf dem Kopf, und sein Hund vor der Tür, wahrscheinlich war es ein pantoffelfressender Hund, wollte sich darüber kaputtfreuen!

Das Leben steckte voller Geheimnisse, und Balitzke sagte mit blödem Gesichtsausdruck, er sei auf einmal richtig froh in diesem trostlosen Nebel, dass es noch Menschen wie uns gebe. Oder wie seinen Vetter Rudi Glucke, sagte er. Der habe zwar, sagte Balitzke, nur eine Drei-Zimmer-Wohnung in Oberschöneweide, wo außer der Frau und den drei Kindern auch noch die alte, hartleibige Oma mit drin lebte, aber als Vorbild und Humanist könnte man seinen Vetter jederzeit anführen! Beispielsweise habe er nur wegen dieser Oma, sagte Balitzke, damit ihr nicht das bisschen Lebensmut flöten ginge, weil sie vielleicht geliebte Werbeblöcke verpasste oder spannende Krimistellen – nur wegen dieser zusammengeschnurrten, immer hartleibigen Greisin habe sein Vetter Rudi die Möbel in seinem Wohnzimmer, wo der Fernsehapparat steht, so zurechtgeschoben, dass die alte Dame nun sogar von der dem Wohnzimmer gegenüberliegenden Toilette aus fernsehen könnte! Ein neben der Papierrolle hängender Operngucker und manchmal etwas Fichtennadelraumspray würde den Genuss noch erhöhen! Darum sei es neuerdings bei ihm zu Hause während der abendlichen Sendezeiten ohne jeden Pfennig Nebenkosten wie im Wald, hätte der Vetter gesagt.

»So was von glücklicher Oma habt ihr noch gar nicht erlebt, Onkels!«, rief Balitzke und sah uns liebevoll an. »Ist das nicht tröstlich, dass es heutzutage auch noch so was wie meinen Vetter Rudi gibt?«, fragte er uns mit dicker Stimme.

Erfreulicherweise begann es an dieser Stelle kräftig zu nieseln, und ich entfernte mich schnellstens, um mir endlich die verdammten Pantoffeln zu besorgen; im Penny-Markt waren sie ja ausverkauft, vermutlich wegen des blassen Menschen mit dem pantoffelfressenden Hund. Von Weitem sah ich noch, wie Balitzke und Motte wieder heftig aufeinander einredeten – nun aber ohne mich.

Sieht Gott wie Karl Marx aus oder wie Hildegard Kindermann?

Zur Einschulung bekam mein Freund Hellmuth eine gewaltige Zucktertüte. Sie war so groß und schwer, dass Hellmuth sie nicht mal zum Fotografieren hochheben konnte, ein Wunder bei dem dicken Jungen! Man musste sie neben ihn stellen, wobei auch noch ihre doppelt verstärkte Spitze umknickte. Alle waren neidisch, auch meine Mutter! »Warum knickt bei uns nie mal was um?«, fragte sie. Später haben wir freilich erfahren, dass Hellmuths Mutter die untere Hälfte der riesigen Tüte mit Kartoffeln gefüllt hatte! »Und ich«, sagte meine Mutter, »habe mich noch gewundert, warum ein Junge mit so einer protzigen Zuckertüte nach Keller riecht!«

Aber das haben Wunder nun mal so an sich, das sie oft keine Wunder sind, das müssen wir tragen, Genossen, was? Die Natur beispielsweise kannte ich damals, als ich noch jung und blond war und ein Schwämmchen am Ranzen trug, vor allem nur aus Blumentöpfen und dem Buch »Glückskäferchen reist um die Welt«. Als wir aber dann in ein Siedlungshaus am Stadtrand zogen, gab's die Natur plötzlich schon massenweise vor der Haustür, da räkelte sie sich hinter unserem Grundstück wie eine Katze im Abendsonnenschein und schlug grüne Wellen!

»Atme tief ein!«, befahl mir mein lieber Vater beim ersten Anblick all der Herrlichkeiten und wies mit seiner großen Hand auf die vielen schönen Felder vor uns. »Endlich in Gottes freier Natur!«, sagte er ergriffen, worauf ich ihn fragte, warum denn die vielen schönen Felder alle Gott gehörten. »Und dem Bauern Müller natürlich«, sagte mein Vater etwas unwillig. Doch später, als ich mir den Sonnenuntergang ansah, stand wirklich der Bauer Müller, mager und hochgeschossen wie eine Altarkerze, im langen, weißen Nachthemd hinten im Kornfeld und spielte auf der Ziehharmonika: »Fahr mich in die Ferne, mein blonder Matrose!« Wehmütig und etwas blutarm klang's herüber, und vielleicht war's auch gar nicht der Bauer Müller, sondern Gott, was mir auch besser gefiel! Es gefiel mir sogar so gut, dass ich mich mitten in der Nacht, als mein Vater in seinem langen, weißen Nachthemd ins Bett kam, steil aufsetzte, weil ich dachte, obwohl ich in meiner Klasse 2b der Drittbeste im Kopfrechnen war, nun würde Gott zu uns ins Bett kommen!

Zum Glück war er's nicht! Und im Kornfeld mit der Ziehharmonika, das ist er auch nicht gewesen. Nicht mal der Bauer Müller war's, sondern Kindermanns Hildegard, eine dünne, lange Oberschülerin, die extra ihr weißes Sonntagskleid angezogen hatte, um uns ein Begrüßungsständchen zu bringen. Sie war die Tochter unseres neuen Nachbarn, die bei Harmonikaspiel in geschlossenen Räumen dicke Füße bekam, sehr merkwürdig! Es handelte sich dabei um eine Art Platzangst beziehungsweise ein Quetschkommodensyndrom, fast noch unheimlicher als heute die Phänomene in Akte X, ich habe diese Füße selber gesehen! Darum waren Kindermanns aufs Land gezogen, wo Hildegard im Freien Harmonika spielen konnte. Der einzigen Tochter sollte nichts abgehen! »Im Winter wird sie in Handschuhen spielen müssen«, sagte mein Vater, aber am folgenden Sonntag spielte Hildegard erst mal morgens gegen sechs vorm Haus draußen: »Wachet auf, wachet auf, es krähet der Hahn.«

Trotzdem bin ich noch jetzt der Meinung, dass Gott, wenn er's damals im Kornfeld schon nicht gewesen ist, zumindest Hildegards Finger dabei geführt hat! Aber woher soll man so was genau wissen, wenn man sogar Hildegard Kindermann oder meinen Vater für Gott halten kann! Ich weiß ja heute noch nicht, wie er aussieht! Sieht er wie Othello aus oder wie Karl Marx? Oder wie beide zusammen? Auf der Schauspielschule habe ich ihn mir immer wie Gerhart Hauptmann vorgestellt, aber mit einem langen, weißen Bart. Und im langen, weißen Nachthemd natürlich! Die dazu passende Halbglatze hatte ja Gerhart Hauptmann schon. Vielleicht war er sogar zeitweise Gott, was?

Als ich viel später unter Ulbricht mit dem eingeklemmten Bruch im Krankenhaus war – die Narbe puckert heute noch! –, hat mir Gott aber dann wirklich geholfen! Nach der Operation dachte ich nämlich wegen der irrsinnigen Schmerzen beim Lachen, sie hätten einen Operationsstichel in mir vergessen, oder Nadel und Faden, oder es wäre schon wieder was eingeklemmt. Zudem litt ich unter meinen Bettnachbarn, zwei selbstherrlichen, mitleidslosen, ungemein blöden Widerlingen. Das ging mir alles so auf die frische Operationsnarbe, dass ich Gott, der mir schließlich auch den Bruch eingeklemmt hatte, winselnd um Hilfe bat! Ich glaube, heutzutage, wo es kaum noch einen Atheisten gibt, der nicht an Gott glaubt, kann ich das ruhig mal bekannt machen!

»Gott hilf!«, winselte ich jedenfalls unter der Bettdecke, worauf es schon beim dritten Mal, obwohl ich nicht mal die zehn Gebote richtig im Kopf hatte, gegen die Tür bumste und unsere Oberschwester ein aus Virchows Tagen stammendes Krankenhausbett zu uns hereinrollte. Und in diesem Bett lag ein dicker, schlitzmäuliger Mensch, der einen mächtig angeschwollenen Kopf hatte und monoton »Aua, mein Kopp!« sagte. Manchmal sagte er auch »Ich heiße Harry Stickel, meine Herren!«, obwohl er aussah, als hatte er noch nie im Leben einen Namen gehabt und bisse im Gemüsekonsum heimlich die Möhren an! »Die Treppe ist er runtergefallen, der Herr Stickel, was?«, rief die Oberschwester dem Dicken wie einem Schwerhörigen zu, und der Dicke sagte: »Aua, mein Kopp!»

Das war eigentlich schon alles, denn auf einmal wurde ich ganz ruhig. Wie ein Baumkuchen etwa! Und dann wurde mir auch schon blitzartig klar, dass dieser dicke, angeschwollene Säufer nur ein als Harry Stickel von Gott zu mir heruntergesandter Engel sein konnte, der mich durch seinen blöden erbärmlichen Anblick nachdenklich machen sollte! Und das ist ihm ja dann auch gelungen! Ich bin heute noch nachdenklich! Was aber Harry Stickel angeht, den Engel, so saß er am Freitag – obwohl ich jahrzehntelang angenommen hatte, dass er schon längst wieder oben die Harfe schlug – zu meiner Überraschung, alt und grau geworden, vor dem Penny-

Markt und fiedelte furchtbar auf einer Geige herum, die genauso versoffen wie er aussah. Als ich ihm mein ganzes Kleingeld, immerhin eine Mark siebenundzwanzig, in den Geigenkasten geworfen hatte, lächelte er mich an, als wüsste er was von mir! Er wird Hämorrhoiden kriegen auf den kalten Steinen, dachte ich und erkannte, dass Gott seine Engel ganz schön rannahm, das sollte mir bei meiner ewigen Biersauferei eine Lehre sein!

Mittlerweile hat mich die freie Marktwirtschaft so charakterlos gemacht, dass ich alle naselang Wünsche nach oben heule. Aber Gott hat vermutlich schon seit dem Turmbau zu Babel völlig kaputte Ohren, obwohl mir nach der Wende beim Rasieren manchmal so war, als würde er durchs Oberlicht meiner Toilette gucken und was zu mir runtersagen! Doch ich verstand es nicht! Wann je auch hatte mal einer Gott verstanden? Aber beim dauernden Hochhorchen habe ich mir öfter die Fresse zerschnitten! Darum rasiere ich mich jetzt seltener und mache mir keinen Kopf mehr um die Metaphysik. Soll sie sich doch selber einen machen! Ich gucke lieber, wenn ich nachts gegen vier, wie das bei alten Knochen üblich ist, mal pinkeln war, durch unser Küchenfenster auf den Hinterhof runter, weil's da so still und duster und unproblematisch ist. Wie im Wald! Nur beim Bäcker brennt Licht. Er scheint Tag und Nacht Brötchen zu backen! Ein düsterer, schweigsamer, unerhört käsiger Mann, dessen Brötchen vorzüglich schmecken. Ich glaube, wenn er seine Brötchen aus dem Hinterhof hochschießen könnte, würden sie genau im Himmel landen! Vielleicht sind Hinterhöfe Direktverbindungen zu Gott, was? Vielleicht hört er uns hintenrum, wenn's ihm die kaputten Ohren erlauben, manchmal noch zu?

Tief atme ich ein und aus, und ein Schauer läuft mir über den Rücken. Zur Zeit des Marxismus dachte ich immer, wenn keine unsittlichen Gedanken die Ursache waren, es ist die Nachtkühle oder Walter Ulbricht. Heute, infolge der abendländischen Bildung, denke ich bei Rückenschauern, mich streichelt Gott! Vielleicht hört er das gern, der alabasterne Mond, wie? Genaueres erfährt man ja nicht von ihm! Vielleicht gibt es ihn auch gar nicht, was?

Das Leben ist ein trauriges Schiff, das will ich Ihnen mal sagen, meine Damen, zum Glück ist es aber eins, das im Morgengrauen nach frischem Brot riecht! Hoffentlich macht der Bäcker nicht mal pleite!

Warum mir letztens die Haare zu Berge standen …

Ich weiß nicht mehr genau, ob ich den Einfall mit dem aus dem Jahr 3000 selber hatte, vielleicht stammte die Idee auch von Hellmuth, oder es kam von den Mieterhöhungen, jedenfalls begann ich am Montag letzter Woche eine sogenannte Science-Fiction-Geschichte zu schreiben und beschäftigte mich darum mit dem Phänomen der Zeitreise, wobei ich im Selbstversuch feststellte, dass beispielsweise eine Reise in die Vergangenheit durch Rückwärtslaufen schon mal überhaupt nicht möglich ist. Rückwärtslaufen, stellte ich fest, ist, vom Ablauf der Zeit her gesehen, ein riskantes Vorwärtslaufen. Das wurde mir klar anhand eines geprellten Steißknochens. Weiterhin wurde mir klar, dass unsere immer so wichtig tuende Gegenwart nur aus Vergangenheit und Zukunft besteht, zwischen denen der Mensch wie die Fleischwurst in der Klappstulle steckt. Ein furchtbarer Gedanke, wenn man an des Schicksal der Fleischwurst denkt!

Aber ich wollte nun mal eben aufgrund der Marktwirtschaft nicht nur immer über mich schreiben! Obwohl auch das ein dankbares Thema ist, denn was ich da neulich mit Schnabelbusch erlebte – ich will hier gar nicht erst damit anfangen, sonst kippen Sie vor Lachen aus den Latschen! Jedenfalls fordert das Leben eines marktwirtschaftlichen Autors den ganzen Menschen. Ich kann Ihnen gar nicht sagen, wie oft man mich schon als »Rindvieh« bezeichnet hat! Auch schon in der Zeit vor der Marktwirtschaft! Darum musste endlich diese Zeitreise her. Schließlich verlangte die Marktwirtschaft nicht nur überraschende Unterhosen und Ähnliches, sondern auch überraschende Geschichten. Zudem beherrscht mich die Neigung zum Schreiben schon seit meiner Kindheit. Ich kann kein leeres Papier vor mir sehen, ich muss es zuschreiben, auch wenn man mich dabei zu erschießen versucht! Leider hat man mich in der Schule, obwohl ich schon nahe dran war, nicht einmal zur Erfindung des Perpetuum mobile kommen lassen, nur immer Schularbeiten, Schularbeiten! Später schrieb ich aber um so heftiger. Mein Gott, wie oft in meinem Leben habe ich zum Beispiel das Wort »ich« geschrieben! Aber nun drängte die Marktwirtschaft, ich musste mich mit der Zeit beschäftigen, nicht mit mir, und schon am Mittwoch letzter Woche war ich so weit, dass ich mich zu fragen begann, warum die Zeit nicht auch mal für einige Zeit stehenblieb?

Meinem Vetter Egon wäre das nämlich beinahe passiert! Wacht er doch letztens auf und stellt nach einem Blick auf den Wecker fest, dass er noch eine Stunde schlafen kann, weil es erst fünf ist. Als er nach einer Stunde wieder auf den Wecker sieht, ist es immer noch fünf. Mein Vetter wollte sich aber nicht zu früh freuen, sondern beobachtete den Wecker. Als dieser, nachdem mein Vetter bis 1638, seiner Geheimzahl, gezählt hatte, immer noch auf fünf zeigte, wusste mein Vetter, dass die Zeit stehengeblieben war, und er hat sich erfreut auf die andere Seite gelegt. Leider wurde er dann von seinem brüllenden Chef, einem gewissen Dr. Strützner, telefonisch aus dem Schlaf gerissen, weil es, wie mein Vetter sagte, diesmal leider doch nicht der Stillstand der Zeit gewesen war, sondern schon halb neun. Sicher erkennt man aber an dieser Begegnung, dass der Mensch auf einem mystischen Pulverfass sitzt!

Vielleicht war auch das für mich der Grund, trotz des Abratens unserer Oma auf der Zeitreise zu beharren. Natürlich hätte ich Ihnen hier auch etwas anderes erzählen können – beispielsweise die urkomische Sache mit Schnabelbusch! –, aber der Mensch des Marktes giert nach Sensationen, er möchte Tarzan sein oder Willi Putzke (der kürzlich die anderthalb Millionen im Lotto gewonnen hat), er wünscht sich, dass sein Abteilungsleiter zerplatzt oder der Dobermann sich in Barrengold verwandelt, also dachte ich weiter über die Zeit und über den aus dem Jahr 3000 nach, wovon mir jedoch seit Donnerstag letzter Woche außer unserer Oma auch Hellmuth abriet und mich dringend aufforderte, das Denken zu meiden, ich sei nicht geeignet dafür, obwohl ich eine Menge Gedanken hätte! Denn war es nicht merkwürdig, dass es die Zeit nach vorn und nach hinten als Zukunft und Vergangenheit gab, dafür aber nach rechts und nach links in dieser Hinsicht rein gar nichts zu existieren schien?

Ohne Zweifel ein faszinierendes Thema, aber eben auch eins, bei dem man verblöden kann, denn meine eigentliche Grundidee war, dass einer aus dem Jahr 3000 mit einer Zeitrakete, von der er sagt, er hätte sie soeben erfunden, ins Jahr 1991 reist, wo er auf einen stößt, der die ihm unbekannte Zeitrakete abguckt und sie, nachdem der aus dem Jahr 3000 ins Jahr 3000 zurück ist, nachbaut, um mit ihr sofort ins Jahr 3000 zu reisen, wo er noch vor der Erfindung der Zeitrakete durch den aus dem Jahr 3000 ankommt, infolgedessen der aus dem Jahr 3000 die ihm unbekannte Zeitrakete von dem aus dem Jahr 1991 abguckt und sie, nach dessen Rückkehr ins Jahr 1991, nachbaut und nun wie oben sagen kann, er hätte soeben die Zeitrakete erfunden, mit der er wiederum ins Jahr 1991 reist, wo er zu einem Zeitpunkt eintrifft, der vor dem Zeitpunkt seines vorherigen Eintreffens liegt, so dass der aus dem Jahr 1991 die ihm nun wieder unbekannte Zeitrakete von dem aus dem Jahr 3000 abguckt und, als dieser ins Jahr 3000 zurück ist, nachbaut, um mit ihr erneut ins Jahr 3000 zu reisen, damit der aus dem Jahr 3000 dann wieder sagen kann, nachdem er die ihm unbekannte Zeitrakete von dem aus dem Jahr 1991 abgeguckt und nach dessen Rückreise ins Jahr 1991 nachgebaut hat, er hatte soeben die Zeitrakete erfunden – und so geht das immer weiter, die reinste Zeitgeschichte eben, ein totaler Himhamp, ähnlich der Entstehung des Universums!

Angesichts dessen wird der Leser nicht nur unsere Oma begreifen, sondern er wird auch verstehen, warum ich nach mehrmaligem Durchdenken dieser Zeitreise Potenzstörungen bekam, denn die Beschäftigung mit der Zeit ist wie Ohrfeigen! Vermutlich war ich mit der Sache in eine Zeitschleife geraten, in etwas Komisches, nur von Albert Einstein oder dem lieben Gott zu klären. Meine Gedanken verknoteten sich jedenfalls, es klemmte! Vielleicht hätte ich die Science-Fiction-Geschichte trotzdem vollenden können, wenn ich aus Wuppertal gewesen wäre oder aus Bad Kissingen. Aber ich bin vom Prenzlauer Berg, ein ungeschulter Bürger! Obwohl unsereiner marktwirtschaftlich gesehen auch nicht weniger wert ist als eine EG-Eierpflaume, oder?

Jedenfalls standen mir aus diesen Gründen in der letzten Woche mehrmals die Haare so zu Berge wie Zieberths Ellen, nur dass es bei Ziebarths Ellen grüne Haare sind. Schon ab Freitag rief unsere Oma darum dauernd triumphierend »Siehste! Siehste!«, wenn sie mich erblickte, und meine Frau wurde von den Leuten gefragt, warum ich neuerdings wie Ziebarths Ellen aussehe, nur nicht so grün? »Er denkt über die Zeit nach«, hat meine arme Frau geantwortet und sich geschämt, aber die Leute sollen verständnisvoll genickt haben, sagte sie, und am Sonntag kam dann ein großer Frieden über mich, denn mir wurde klar, dass nicht jeder Karl Lagerfeld oder Luciano Pavarotti sein kann, es musste auch unsereinen geben. Ich hätte eben nur gleich auf den marktwirtschaftlichen Ehrgeiz pfeifen und Ihnen die Sache mit Schnabelbusch erzählen sollen, ich Rindvieh!

August Bebel ist tot, Robert Lembke lebt!

Im September sagte der Nachrichtensprecher im RBB Brandenburg mit ergriffener Stimme, dass ein Schulabgänger in Cottbus eine Lehrstelle als Autolackierer bekommen hat. Das war ein schöner Septemberanfang. Zudem wurden bereits am 10. September im Penny-Markt Schokoladenweihnachtsmänner angeboten. Und außerdem begann es in den folgenden Wochen infolge einiger heruntergefallener Herbstblätter schon langsam und herzbewegend nach Honig zu riechen, nach Honig mit etwas Bitterem dazwischen, ein feiner Hauch, fast wie früher Onkel Gustavs Haarwasser gegen Schuppen. Da hatte der Mensch was zu schnuppern, da lachte er, denn bekannterweise führen seine zwei Nasenlöcher mitten in den Kopf hinein, wo sich das Gehirn befindet. Gott sei Lob und Dank, wenn's in Ordnung ist! Bei mir geht's noch, glaube ich.

Leider wurde mir aber diese schöne Herbststimmung schon in der zweiten Oktoberhälfte vermiest, und zwar in der Straßenbahn von zwei alten Knochen, die auf den Plätzen vor mir wie die Tiere über die Regierung herzogen. Als ich mich setzte, sagte der eine gerade düster zum andern, August Bebel sei vermutlich tot, und jetzt befürchte er sogar, dass die Rentner schon nach Weihnachten oder spätestens vor den nächsten großen Ferien von ihren Kindern ausgesetzt würden. »Dann werden wir vom Tierheim eingesammelt, Willi!«, erwiderte der andere und sah sich beifallheischend nach mir um. Ich drehte mich sofort weg. Mich würde keiner einsammeln!

Als ich ausstieg, rief mir der Kerl, vermutlich, weil ich vom Vater und Großvater her etwas Sozialdemokratisches im Blick habe, auch noch flehend nach: »Das ist vielleicht ein Leben, was?« Aber auch damit hatte er nur zum Teil recht, denn das Leben ist nicht nur ein Leben, sondern viele Leben, eine veränderliche Größe gewissermaßen, mal ja und mal nee, wie der Berliner sagt. Und wenn's nur nee ist, hat man nicht mal den Trost, wenigstens danach unsterblich zu werden wie Nero oder Zwerg Nase, weil das Unsterblichwerden beinahe noch schwerer ist, als eine Lehrstelle zu kriegen.

Selbst in nebelverhangenen Vorzeiten, als es noch nicht viele Menschen gab und es wenig Sinn gemacht hätte, zwecks einer eventuellen Unsterblichkeit die Dampfmaschine oder das Spitzenklöppeln zu erfinden, hatte der Mensch viel Glück, wenn er derjenige war, der zum Beispiel Ewigkeiten später wenigstens teilweise wieder ausgegraben wurde – und dann plötzlich der Pekingmensch war! Oder wenn er als fünfeinhalbtausendjähriger, etwas eingelaufener Ötztaler, steinzeitlich auch Ötzi genannt, mitten aus dem ewigen Eis heraus zum Angucken im Bozener Archäologiemuseum landete. Es ist nicht leicht, ins Schullesebuch zu kommen, es ist nicht leicht, es sind immer nur die andern.

Der Mensch hat zwar die Bratkartoffeln, die Spiegeleier und das Radeberger Pilsner erfunden, der Mensch ist zu allem fähig. Aber meine Urahne Katharina Holzapfel zum Beispiel, geb. 14.2.1776 in Oberdünzebach, gest. 11.9.1861 in Oberdünzebach, ist dem Menschen, bis auf mich, trotzdem noch nicht eingefallen. Ihm fällt immer nur er selber ein! Dabei hat meine Urahne die Goethezeit und die Napoleonzeit mitgemacht. Doch eben nur in Oberdünzebach! Vielleicht hätte sie aufbrechen sollen – wie Brecht aus den schwarzen Wäldern in die Städte –, um sich um Goethe und Napoleon zu kümmern, was? Dann würden die Leute, wenn sie heute meinen Namen hören, möglicherweise fragen: »Conrad? Ist das nicht der Nachkomme von Katharina Holzapfel, die sich um Goethe und Napoleon gekümmert hat?« – »Jawohl, ihr Rindviecher, das ist er!«, würde ich dann sagen. »Sie war die Urgroßmutter meiner Großmutter Auguste, und vielleicht ist Goethe oder Napoleon sogar mein Ururururgroßvater!« Das hätte ich gesagt. Aber Oberdünzebach war stärker.

Bei Robert Lembke hingegen sieht's eindrucksvoller aus. Dem haben sie am 13. September, 23 Uhr 45, sogar eine »Nacht mit Robert Lembke« gewidmet, laufend Robert Lembke auf dem Bildschirm, viel öfter, als Ramses II. je vom Fernsehen gezeigt wurde. Aber der liebe Gott wird trotzdem gesagt haben: »Jetzt wiederholen sie dich sogar im NDR, Robert, du bist unsterblich geworden wie Karl May oder Admiral Nelson, lass uns gemeinsam frohlocken, du lebst weiter da unten!«

Doch auch Joseph Ressel lebt weiter, der Forstmeister aus Böhmen, der 1812 die Schiffsschraube erfunden hat. Ein Forstmeister die Schiffsschraube, da tanzen die Sterne! Es muss die Sehnsucht nach dem Meer gewesen sein. Selbst mein Neffe Eugen Ziepe steht später vielleicht mal im Lexikon. Sachsen hat zwar wie Böhmen ebenfalls keine Küsten und kein Meer, darum hätte mein Neffe ebenfalls die Schiffsschraube erfinden können, weil es die aber schon gab, hat er sich ein zementfarbenes, düster aussehendes Tonbandgerät mit Tragegriff gekauft, KRISTALL oder SMARAGD hieß es, vielleicht auch ELBRUS. Jedenfalls hatte es esstellergroße Tonbandspulen und wog soviel wie ein mittelgroßer Grabstein oder zwei alte DDR-Autobatterien. Ein hochinteressantes Gerät, mit dem mein Neffe zu Hause Experimente machte, bis er es gegen einen steckdosenunabhängigen, transportablen Kassettenrecorder mit Batteriebetrieb und nagelneuem Mikro eintauschen konnte. Mit diesem Apparat im Rucksack ist mein Neffe Eugen, der schon als Kind die Dresdner Heide in beleuchteten Laubsägearbeiten nachzugestalten versucht hatte, im Eilschritt hinaus in die Wälder und hat sie wochenlang mit dem Mikrofon aufgenommen. Den gelungensten Teil der so entstandenen Tonaufnahmen hat er – vermutlich tausendfach! – bei einem Freund vervielfältigt und allen möglichen Leuten geschenkt, auch mir.

Vielleicht ist mein Neffe der einzige Mensch auf Erden, der im Sommer 1978 die Stimme der Dresdner Heide magnettonmäßig festgehalten hat, wo man, vorausgesetzt, dass das Tonband durchhält, noch in 300 Jahren das LüLüLü irgendeines sächsischen Grünfinken von 1978 oder, wenn Vögel einen Namen hätten und dieser Grünfink zum Beispiel Udo Angermann hieße, sogar die Stimme des Grünfinken Udo Angermann hören könnte, also ganz individuell und einfach Spitze! Was wäre da aber nicht noch alles möglich gewesen, meine Freunde! Schon die Vorstellung, wir besäßen im Originalton etwas Selbstgesungenes von Walther von der Vogelweide oder August Bebel, lässt mich erschauern. Da ist viel versäumt worden in der Vergangenheit, Genossen!

Da fehlte Ziepe! Statt dessen haben sie sich die Köpfe eingehauen. Das können wir auch.

Manchmal ist aber das ganze goethesche Sich-bemühen auch total für die Katz. Beispielsweise bei meinem Kollegen Kurt Hempel, der früher beim Bier die allerulkigsten Sachen von sich gab, Aphorismen wie Ostereier, wahre Sternschnuppen. Bis ihm so ein alter Hammel vorschlug: »Schreib das doch besser zu Hause auf, Kurt, schmeiß deine Perlen nicht vor diese besoffenen Säue, lass es drucken, damit tust du was für deine Unsterblichkeit!«

Hempel, der wie alle Schauspieler mit der Unsterblichkeit liebäugelte, befolgt diesen Rat nun schon seit Jahren und hat mir neulich vertraulich erzählt, dass es immer wieder eine Überraschung für ihn ist, wenn er da so zu Hause am Küchentisch sitzt und einen urkomischen Aphorismus entwerfen will. Ein kleiner, haariger Kerl mit einem großen Kopf und keinen besonderen Anlagen, ein Blatt weißes Papier vor sich, so sitzt er da und sieht vor sich hin, denkt nach, kratzt sich den großen Kopf mit dem Kugelschreiber, »50 Jahre LOTTO BERLIN« steht drauf, kratzt sich den Rücken, hat keinen Schreibcomputer stehen, kein Lexikon zur Hand, keinen Chef über sich, keinen Antreiber, nur seine Frau schüttelt manchmal still den Kopf, die Regierung ist weit und fremd, er benötigt auch keine, er hat nichts als sich selber, er hat nur Kurt Hempel mit dem Überbein auf dem rechten Zeigefinger und der Einsamkeit im Herzen, und da sitzt er dann längere Zeit so da im kalten Küchenmief, sagt er, trinkt zehn Töpfe Kaffee aus, klappt das Gehirn auf und zu und denkt und denkt und denkt, und dann plötzlich, sagt er, und das wäre immer wieder das Überraschende für ihn, stellt er fest, dass ihm wieder nichts eingefallen ist.

Es muss also, hochverehrter Leser, trotz größter Bemühungen durchaus nicht immer mit unserer Unsterblichkeit hinhauen. Ich rate daher dringend davon ab, zu früh ins Gras zu beißen.

Als Walter Ulbricht Rache an unseren Ostereiern nahm!

Im letzten Winter, kurz vor Weihnachten, als in den Geschäften die ersten Schokoladenosterhasen auftauchten, streute ich Körnerfutter für Fink und Meise in die leeren Balkonblumenkästen, ich guter Mensch. Aber kaum war ich fertig damit, kamen nicht Fink und Meise herbei, sondern mit gierigen Flügelschlägen, patsch, patsch, patsch, die vier großen, dicken Tauben, die hier in der Gegend herumlungern. Sie kamen angerauscht und fielen wie die Wildschweine über das Körnerfutter her. Nach kurzer Zeit schon sah unser Balkon wie ein Dreckstall aus.

»Eine Frechheit!«, rief ich den Biestern zu, die in die kahle Linde gegenüber geflogen waren und mich von dort beinahe treuherzig beobachteten, wobei sie, wie's schien, sogar mit den Schwänzen wedelten, na ja. »Und überhaupt: TAUBEN!«, rief ich noch höhnisch zu ihnen hinüber. Mir tat's zwar sofort leid, denn das Höhnische den Vögeln gegenüber ist nicht meine Art, aber am nächsten Morgen – sieh mal einer an! – lagen doch all die verdammten, auf unserem Balkon verstreuten Spelzen in vier ordentlichen Häufchen da. Die Viecher mussten heimlich gefegt haben. Selbst diese kropfigen Kamuffel hatten also ihre Geheimnisse. Was mussten da erst für Geheimnisse im Menschen aufgestapelt sein!

Schon in der ersten Volksschulklasse meine Lehrerin, Fräulein Annerose Lasche. Sie kniff manchmal ein Auge zu, und keiner von uns dummen Jungen wusste, warum.

Diese geliebte Pädagogin hatte ein birnenförmiges Gesäß und eine weihnachtliche Stimme. Es lag gewissermaßen etwas Festliches, Tannenzweigartiges in der Luft, wenn sie sprach. Der Unterricht lohnte sich aber auch sonst bei dieser Lehrerin. Man konnte beispielsweise dem birnenförmigen Gesäß nachgucken, sobald sie beim Diktieren von MAMA und OMA zwischen den Bankreihen auf und ab zu laufen begann. Das bescherte mir trotz meiner sechs Jahre schon einige geheimnisvolle Gefühle der Vorfreude, weshalb sich meine liebe Mutter mit der Behauptung, ich sei ein harmloses Kind gewesen, schwer geirrt hat. Selbst bei Familienfeiern spitzte ich damals schon die Löffel wie der Hase im Kohl. Öfter mal hörte ich da zum Beispiel von Onkel oder Tante den beliebten Ausruf: »Bist du aber groß geworden!« Das galt natürlich nie mir, sondern immer meinen Vettern und Kusinen, die sich sofort etwas darauf einzubilden begannen. Und ihre Eltern ebenfalls. Vermutlich bedauerten sie dazu noch, dass sie von Onkel oder Tante nicht auch wie ihre ins Kraut geschossenen Sprösslinge angestaunt wurden.

Dustin Hoffman hätte bei diesen Menschen als Kind keine Chancen gehabt; oder nur, wenn sie gewusst hätten, dass er mal Dustin Hoffman wird. Ebenso wär's dem kleinen Muck ergangen, schätze ich, oder vielleicht noch schlimmer. Mir kommt's heute noch so vor, als wäre ich damals immer gleichgroß gewesen, obwohl ich dann doch groß geworden sein muss, denn immerhin bin ich heute größer als damals. Wo man hinsieht, wachsen eben, wie im Mai die Butterblumen auf der Wiese, die Rätsel. Es wimmelt von Rätseln auf Erden.

Weil der Fortschritt zwar seltsame Wege geht, aber fortschreitet, erörterten sie neulich im Fernsehen auch mal die Möglichkeiten, die sich eröffnen, wenn man in der Lage sein wird, unser Gehirn an einen Computer anzuschließen. Dazu äußerte sich auch ein Physiker von der Harvard Universität, einer von den Menschen, die gar nicht wie Physiker von der Harvard Universität aussehen, aber später mal den Nobelpreis kriegen, weil sie im Reagenzglas experimentell die Schwerkraft aufgehoben haben oder so.

Als ich diesem Experten etwas ängstlich zuhörte, fiel mir plötzlich auf, dass er unwahrscheinlich lange Ohren hatte. Das wäre noch nichts Außergewöhnliches gewesen, der Opa meiner Frau hatte, wie ich mich erinnere, ebenfalls Ohren wie Milchsemmeln, Ohren konnten mich in meinem Alter nicht mehr aus der Fassung bringen, aber als ich den Blick senkte, bemerkte ich, daß der Harvardmann auch noch unheimlich lange Hemdkragenecken hatte. Es war gespenstisch, fast wie bei Arthur Conan Doyle im HUND VON BASKERVILLE, nur ohne Hund. Weil doch Hemdkragenecken nicht wie Ohren am Menschen angewachsen sind. Was hatte diesen Menschen mit den unheimlich langen Ohren dazu verlasst, ein Hemd mit unheimlich langen Hemdkragenecken anzuziehen? Waren das vielleicht schon die ersten Symptome einer durch Selbstversuche am Computer hervorgerufenen Schädigung? Das möchte ich aber nun wirklich nicht hoffen, Kommilitonen! Jedenfalls schien auch das wieder auf ein Rätsel hinauszulaufen. Die Welt war ein Rätsel aus lauter Rätseln.

Warum zum Beispiel hat's Walter Ulbricht gegeben? Ich weiß es nicht, ein Geheimnis! Ich weiß aber noch genau, wie meine Mutter einmal in der Ulbrichtära einen nicht ganz unkomplizierten Osterbesuch bei uns machte. Mit fünfzig in sechs Wochen gesammelten taufrischen sächsischen Hühnereiern rückte sie an. »Ain wahrer Sägen! Frisch aus'm warm' Hihnerarsch!«, jauchzte sie, und wir fielen uns in die Arme.

Am Nachmittag, die Kinder waren noch unterwegs, setzte meine Frau dann 40 der 50 Eier in unserem gut mit Wasser gefüllten, neuen, roten Emailletopf aufs Gas. »Jetzt sollen sie erst mal tüchtig kochen, Mama, später färben wir sie!«, sagte meine Frau, und wir verzogen uns ins Wohnzimmer, wo wir mit der Beschimpfung Walter Ulbrichts, mit der ich als politischer Mensch schon in der Küche angefangen hatte, fortfuhren. Dazu aßen wir mit Genuß die gute sächsische Eierschecke von Mamas Bäcker an der Kreuzung.

Einmal sagte meine Frau zwar »Die Eierschecke wird immer besser, Mama!«, aber meine Mutter antwortete nur »Ja, mein Mädel!« und stürzte sich sofort wieder ins Beschimpfen von Walter Ulbricht, die eigene Mutter, eine Furie! »Dabei war meine Jugendliebe Kommunist!«, sagte sie errötend, und draußen schoss jemand. »Walter Ulbricht kommt, Mama!«, sagte ich, und als meine Mutter wieder zum Reden ansetzte, sagte meine Frau, die Angst hatte, dass wir überhaupt nicht mehr mit Walter Ulbricht aufhörten, etwas verzweifelt: »Die Zwillinge haben jetzt gleichgroße Füße, Mama.«

»Fein, mein Mädel!«, sagte meine Mutter, und draußen schoss es wieder. Dann knatterte es eine Zeitlang, und meine Mutter sagte: »Die hören nicht auf mit der Silvesterknallerei in diesem Jahr, wo schon Ostern ist!« Hierauf explodierte mehrmals etwas Kleines, dann etwas Großes, und ein leichtes Trommelfeuer setzte ein, mal hell, mal dunkel, manchmal auch peitschend. Bis plötzlich eine seltsame Stille eintrat, irgendwas war zu Ende. Und in diese seltsame Stille hinein sagte meine Frau dann nur tonlos: »Meine Eier!« Dann stürzte sie in die Küche, und wir folgten ihr.

Und es lohnte sich, denn das Wasser in unserem neuen, roten Emailletopf hatte sich zu Tode gekocht, worauf die Eier, wie selbstmörderische Wale an den Küsten der Meere, aus dem Topf an Land gesprungen waren oder der Topf sie hinausgeschossen hatte. Einige hingen sogar wie schwerelos an der Küchendecke, andere lagen in Fetzen und Klumpen da, mal gelb und mal blass, mal hier und mal dort: Eier, Eier, Eier. Unsere Küche hatte dadurch auf einmal etwas derart Künstlerisches bekommen, dass sie einem Environment von Joseph Beuys glich. Aus diesem Grund sagte meine Frau dann vermutlich auch ganz trocken zu meiner Mutter: »Frohe Ostern, Mama, Walter Ulbricht hat Rache genommen!« – »Es ist aber nicht ganz so schlimm wie damals Weihnachten, als der Baum brannte, mein Kind!«, antwortete meine Mutter tröstend, worauf die beiden etwas zu weinen begannen, begreif mir einer die Weiber! »Na, sollen sie mal«, dachte ich und war heilfroh, dass sie nicht mir die Schuld an den Eiern gaben, weil ich doch mit Walter Ulbricht angefangen hatte. Sie haben dann aber auch noch die intakt gebliebenen Eier angemalt, schöner als Joseph Beuys vielleicht, und aus den Bruchstücken einen hervorragenden Eiersalat gemacht.

Was wäre der Mensch bloß ohne sich, liebe Freunde der Blasmusik? Und sollte es in den kommenden Wochen kalt werden, dann gucken Sie ruhig mal in den 100jährigen Kalender, dort steht nämlich: »Januar muss vor Kälte knacken, wenn die Ernte soll gut sacken.« Außerdem hab ich bereits eine Wagenladung Körnerfutter in unsere Balkonblumenkästen gekippt und bin gespannt, wann die Tauben anrücken. Vielleicht haben sie diesmal sogar gleich ihre kleinen Handfeger mit dabei? Man ist nie ganz ohne Hoffnung.

Als ich mir wie eine Glühbirne vorkam

Vor einiger Zeit stand in der Zeitung, dass die zerrissenen Stasi-Dokumente, die in 16 000 Säcken bei der Birthler-Behörde lagern, nicht mehr mühevoll vom Menschen rekonstruiert werden müssen, sondern dass jährlich 100 Millionen Schnipsel von Computern zusammengesetzt werden können.

Nunmehr wird man also die in den 16 000 Säcken enthaltenen 600 Millionen Schnipsel in ungefähr 5 Jahren bewältigt haben und nicht mehr bis ins Jahr 3000 damit herumknütern! 600 Millionen Schnipsel, das muss man sich mal vorstellen! Und auf jedem Schnipsel vielleicht ein IM, vielleicht 600 Millionen Stasi-Informanten in den Säcken! Und kosten soll es noch nicht mal 60 Millionen Euro, ein Lerchenschiss, gerade mal 10 Cent pro Schnipsel.

»Ich bin froh«, sagte ich zu meiner Frau, »dass wir die Euro-Währung haben, Geliebte, sonst würden sich die Kosten so anhören, als betrügen sie das Doppelte von dem, was sie betragen, so klingt es wenigstens wie die Hälfte.«

»Und außerdem bin ich froh«, sagte ich, »dass wir in fünf Jahren, wenn nicht wieder was anderes zerrissen wird, als gereinigte Nation wie ein Phönix aus der Asche aufsteigen werden, Liebling, weil dann auch der letzte weißhaarige Stasi-Informant zusammengepusselt sein wird. Vielleicht ist es sogar Onkel Carl, was?« Das sagte ich und möchte nunmehr die Stasi-Spitzel in ihren Säcken lassen und schnurstracks aus dem Leben von DDR-Bürgern, die keine Stasi-Spitzel waren, Beispiele bringen, die, wenn wir Glück haben, in manche wunde Sozialistenbrust ein Echo ferner Schalmeienklänge zaubern werden.

Mir fällt da zum Beispiel sofort Rainer Bimke ein, der Sohn meines ehemaligen Kollegen Fred Bimke, ein etwas dicker Junge, wie ich mich erinnere, der jetzt wahrscheinlich ein etwas dicker Arbeitsloser ist und damals im Rahmen der laufenden Altstoffsammlungen den Pionierauftrag erteilt bekam, Kronenverschlüsse von Flaschen zu sammeln. Hierauf begannen außer Rainer Bimke auch die anderen Bimkes wie verdurstende Pferde Flaschengetränke zu saufen, damit Rainer Bimke bester Kronenverschlusssammler seiner Pioniergruppe würde. Vermutlich hat die Familie Bimke damals für den Friedenskampf Kronenverschlüsse für ein ganzes Kanonenrohr zusammengesoffen. Dabei posaunte man noch nicht wie heute ins Land hinaus, dass der gesunde Mensch mindestens zwei Liter am Tag trinken soll. Heute, wo die flotten, jungen Mädchen mitten auf dem Trottoir im Laufen ihre riesigen Mineralwasserflaschen wie Fanfaren an den Mund setzen und es gluckern lassen, ist das kein Problem mehr. Aber Bimkes ließen es schon unterm roten Stern gluckern und haben damals schon ihr Zweilitertagessoll erfüllt. Und übererfüllt! Sogar die alte Oma zog mit.

Nicht nur von irgendwelchen Blasenprofessoren, Wasservertretern und Kalte-Kompressen-Experten wurde somit die Zwei-Liter-täglich-Parole ins Leben gerufen, sondern infolge der Kronenverschlüsse auch von der Familie Bimke. Die zwei Liter sind also zum Teil direkt aus dem Volke gewachsen. Wie früher die kalten Wadenwickel und »Wenn ich ein Vöglein wär« oder der beliebte Fliedertee: alles aus dem Volke gewachsen! Und weil er sicher der Meinung gewesen wäre, dass Kronenverschlüsse kein Opium fürs Volk sind, hätte Lenin angesichts der bimkeschen Initiativen bestimmt vor Freude einen Hops gemacht. Darum habe ich mir zur Erinnerung an den Sozialismus einen echten DDR-Kronenverschluss aufbewahrt. Vielleicht lass ich ihn mir, wenn's mit der SPD nicht besser wird, sogar rahmen.

Außerdem entdeckte ich vor kurzem in einem Haufen Papiersachen (keine Stasi-Schnipsel) einen Zeitungsausschnitt von vor 30 Jahren, als ich in die Eröffnung des neuen Betriebsambulatoriums der Berliner Bühnen hineingeraten war und dabei beim Leistungstest fotografiert wurde. Als fotografierter Schauspieler bin ich vor jenem Tag höchstens mal auf Gruppenbildern in der Zeitung zu sehen gewesen, als Furz, mit Verlaub gesagt, aber hier führte man mich dem überraschten Zeitungsleser namentlich beim Leistungstest vor, es war ein Triumph! Leider gehörte die DDR damals noch nicht zur BRD, sonst hätte man mich wahrscheinlich als Prominenten zur Bambiverleihung oder zum Bundespresseball eingeladen, obwohl ich da sagen muss: Zwei schöne Bratwürste mit Sauerkohl sind mir lieber.

Damals habe ich aber lange von dem Zeitungsausschnitt gezehrt, obwohl ich auf dem Foto – sie testeten ja nicht die Hosen! – meine schwarzen, sackigen Turnschuhe trage, eine Art Rotbannerflottenreformunterwäsche aus dem Konsum, in der ich mit meinem Bauch und dem nackten Oberkörper auf einem Fahrrad ohne Räder sitze und gewaltig in die Pedale trete. Ich kam mir dabei vor wie meine Mutter im Krieg beim Sauerkrautstampfen. Dazu war ich wie ein Versuchstier, ein Meerschwein in schwarzen Turnhosen etwa, mit irgendwelchen Sicherungskästen und Manometern verdrahtet, es dampfte förmlich. Vielleicht ließen sie mich auch heimlich die Autobatterie der Ärzte aufladen. Oder ich leuchtete bald als Glühbirne auf. Und atmen musste ich in einen mit einer Atemmaske verbundenen Gummischlauch hinein. Er roch auch nach Gummischlauch und glich einem der russischen Feldgasmaskenschläuche, wie sie im Frühjahr '45 in den Straßengräben herumlagen. Zwei oder drei davon, die ich mühevoll zusammengeschraubt hatte, schraubte ich später auf das für den Filter vorgesehene Gewinde meiner ausgedienten Volksgasmaske, worauf ich den Eindruck bekam, als sei die Volksgasmaske zum ersten Mal in ihrem verfluchten Dasein glücklich.

Im Sommer zog ich mir dann das hässliche Gummiding mit den Augenfenstern über den Kopf und tauchte in unserem Bauernteich zirka drei Meter tief in die grüne Brühe hinab. Unten stand ich auf mit Schlaufen an die Füße gehängten Pflastersteinen schaudernd im knietiefen Schlamm und wartete auf etwas. Worauf, weiß ich nicht mehr, aber unheimlich einsam war's und still, wobei ich wegen der geringen Länge meiner Feldgasmaskenschläuche den Kopf immer nach oben halten musste und eine Höllenangst hatte, dass einer der Jungen im

Holzkahn über mir das Schlauchende unter Wasser drücken könnte. Außerdem war nicht viel los da unten. Ein Karpfen, der meinen Kopf mit der Gasmaske anscheinend ebenfalls für einen Karpfen hielt oder sogar für sich selber, sah mich zwar verwundert an, er kehrte sogar noch einmal um dazu, das war aber auch alles. Doch entsetzlich schlürfend hörte ich mich atmen.

Und dieses entsetzlich schlürfende Atmen erzeugte ich auch als verschlauchter Kulturschaffender 30 Jahre später bei meinem Belastungs-EKG. Es ist ergreifend vom Leben, wie es manchmal an die Geräusche der Jugend erinnert, an die Tage, wo man wahrscheinlich der einzige Mensch auf Gottes blauer Erde war, der mit Hilfe russischer Gasmaskenschläuche drei Meter tief getaucht ist. Vielleicht bin ich auf diesem Gebiet heute immer noch der einzige Mensch. Zwar hätte ich auf dem Zeitungsfoto wie ein Testpilot aussehen müssen, die Voraussetzungen dazu waren gegeben, aber es hat nicht sollen sein, ich sah gerade mal so aus wie ich selber. Ein ehrliches Foto. Keine rote Fahne im Hintergrund, keine geballte Faust, kein Stasi-General in weißer Galauniform, nur drei liebevolle Fachkräfte in weißen Kitteln umsorgten mich, eine Fachärztin, eine Krankenschwester und eine med.-techn. Assistentin. An der Tür warteten zwar noch mehr Leute in weißen Kitteln, sicher auch einige IM darunter, aber alle konnten nun wirklich nicht mit aufs Foto. So erging's mir an jenem blauen Vormittag. Dabei war ich nicht mal Parteimitglied!

Auch das war die DDR, nicht nur Karl-Eduard von Schnitzler und keine Knoblauchperlen und später die

Mauer und noch später 600 Millionen Stasischnipsel, sondern auch das liebevolle Messen meiner jungen Pneumatik. Dafür danke ich der damaligen Staatsmacht, sie ruhe in Frieden! Für mich ist der Zeitungsausschnitt jedenfalls das Dokument, auf dem ich dem Zeitungsleser zum ersten Mal als fotografierter Kulturschaffender vorgestellt wurde, wenn auch, was aber meiner Persönlichkeit gerecht wurde, in einer schwarzen Konsumturnhose, 1975 oder 1976 war's. Vielleicht rahme ich mir diesen Zeitungsausschnitt ebenfalls ein. Dann hänge ich ihn neben den gerahmten Kronenverschluss, und es wird mich erinnern an eine siegreiche Zeit!

Kleine Nachtmusik

Während des überraschenden Wintereinbruchs ergab sich wieder einmal die seltene Gelegenheit, Körner auf meinen verschneiten Balkon zu streuen und einigen mir bekannten Vögeln die kleinen Pfoten zu schütteln. Ich bin zwar ein alter, morscher Knochen, aber die wertvolle Vogelpfoten-Schüttelei hätte ich bei der Wetterlage bis in den März hinein so beibehalten können. Ja, das hätte ich, doch gerade der Mensch, das Riesenrindvieh, hat sich von irgendwelchen obskuren Naturgesetzen in den Kopf setzen lassen, nicht so schön kräftig und vital zu bleiben wie in der Blüte seiner Jahre, sondern das alles einfach hinzugeben, weil er älter werden muss. Wobei er gar nicht merkt, dass er's wird, sondern ihm wird's erst mitgeteilt, wenn er's ist, eine Unverschämtheit. Immerhin hat man im Alter schon genug andere Dinge am Halse, auf das Altsein könnte man dabei durchaus verzichten.

Mein Onkel Karl, der weniger zur Tiefsinnigkeit neigte, sondern mehr zu einfachen Beispielen, sagte früher immer parabelhaft, dass alles auf Erden – und ganz speziell der Mensch – älter werde, aber der Tisch zum Beispiel nicht so sehr, obwohl der Tisch ebenfalls Beine habe und eine Platte wie Onkel Karl. Ein Tisch müsse nicht mal durch die Gegend laufen wie zum Beispiel der Briefträger; man setze sich sogar um ihn herum, sagte Onkel Karl. Wer setze sich schon um einen Briefträger herum? »Warum ist man nicht wenigstens hinsichtlich seines Alters ebenfalls ein Tisch?«, sagte Onkel Karl und lachte sich kaputt darüber. Er kommt eben aus Klein-Schöppa. Schon in Groß-Schöppa lache man intelligenter. Ja, ja, die Tische. Es gibt sogar tausendjährige!

Aber dann ist man eben doch kein Tisch, sondern wird plötzlich – ich jedenfalls! – nicht gerade sehr gutmütig vom Atem Gottes oder seinem mit kleinen Bleikugeln gefütterten Nachthemdenzipfel gestreift und liegt auf der allerwertesten Schnauze. Infolgedessen war's Sense mit der Vogelpfoten-Schüttelei, und ich bekam die Gelegenheit, einige Wochen lang aus einem Krankenhausbett heraus nach oben zu gucken. Nichts gegen oben, wenn's der blaue Himmel ist, den man von der Blumenwiese her ansieht. Nichts gegen oben, wenn's einen milden, süßen Sommerregen regnet und alles duften lässt. Nicht mal was gegen oben, wenn's Sternentaler regnet, dann aber mit dem Kopf in Acht nehmen! Wenn man jedoch plötzlich in diesem verstellbaren Krankenhausbett liegt, klapprig, hilflos, alt und preisgegeben den trüben Gedanken, beginnt man sich doch zu fragen, woran man nun ist in diesem Bett und was es soll und was überhaupt alles für einen Sinn hat.

Ein Butterbrötchen kann zwar dem Leben schon einen ganz schönen Sinn geben, und das Leben ist ja auch die beste Sache, die uns widerfahren konnte im Leben, aber: »Wenn das Leben ein Geschenk an den Menschen ist, müsste der Mensch ja dann wohl zumindest auch ein Geschenk ans Leben sein«, sagte mein Vetter Hansi, der früher als Kind, vermutlich vom Hunger, immer den Schlucken hatte, was wohl infolge der ruckhaften Bewegungen gut für die Durchblutung seines blitzgescheiten Gehirns war. Hansi hat sogar heute noch öfter den Schlucken, nun aber ohne Hunger, ein kühner Denker. Weil er eben ein Mensch ist, bei dem es immer wieder mal nicht klappt. Ich glaube, als alte, wertvolle Sammlerpostkarte würde er dauernd auf seine Ecken fallen.

Aus so einer Familie komme ich. Die Schwester meiner Mutter hätte als junge Frau sogar ihre Schonbezüge geschont, wenn sie welche besessen hätte. Und Onkel Emil war so sensibel, wenn der zum Beispiel geträumt hatte, seine Frau hätte das Essen versalzen, dann nahm er ihr das versalzene Essen tagelang übel. Aber gut waren alle, einige allerdings etwas blöd, was sie glücklicherweise noch heute sind. Wie zum Hering die Gräten, so gehörte zu unserer Familie die Güte. Na ja, ich pfeife drauf! Manchmal war's gar nicht einfach. Der Mensch ist ein Abgrund und ein Aufschrei, mitunter auch ein Pfeifenkopp. Aber oft voller Hoffnung! Ich besitze ein hübsches Buch mit Abbildungen von alten 1.-Mai-Postkarten, es heißt »Ein Hauch von Maienblüte«. So wie auf den wunderbaren alten Postkarten, so voller Maiengrün und Hoffnung und früher Menschen und fröhlicher Fahnen und Kampfgeist, so habe ich mir früher immer das Leben vorgestellt. Wie es sein müsste. Wie ein Hauch von Maienblüte eben, Erdmute.

Und so kam's mir in der Krankenhauswaagerechten wieder in den Sinn, da hatte man die allerseltsamsten Vorstellungen und begann wieder an die Güte des Lebens zu glauben. Alles beim Nachobengucken, ganz speziell natürlich das Transzendente. Und der Mensch.

Was er so alles durchmachen musste oder andere durchmachen ließ! Aber das Tier auch. Ich hätte zum Beispiel kein Huhn sein wollen. Schon wegen des Geschlachtetwerden-könnens nicht. Auch kein Stieglitz und kein Wellensittich. Selbst wenn diese Tiere nicht den ollen harten Schnabel hätten. Dann schon lieber Mensch, der Mensch ist ein Prachtstück! Aus tausend und einer Nacht.

Streuselkuchen zum Beispiel kommt in der freien Natur überhaupt nicht vor. Vernickeltes Blech auch nicht. Der Mensch hat's erschaffen. Ohne den Menschen gäb's noch heute keinen Streuselkuchen auf Erden, ein trübes Jammertal! Der Mensch, den Gott aus einem Klumpen Lehm erschaffen haben soll. Aber da muss ja auch eine Lehmgrube vorhanden gewesen sein. Vielleicht war der Mensch nur der Selbsterhaltungstrieb des Lehms? Nach dem Urknall. Und warum eigentlich Urknall? Der muss doch einen Grund gehabt haben, um plötzlich urzuknallen. Weshalb knallt der so plötzlich los? Hat da keiner an der Kurbel gedreht?

Gott wird's schon wissen. 896 Billionen Engel soll er unter Vertrag haben. Nicht nur zum Sterneputzen, sondern als Mädchen für alles. Gott spricht 2 000 bis 5 000 Sprachen, sagt man, aber ob es im Himmel auch eine Art Amtssprache gibt? Man liegt ohne Antwort im Krankenbett. Hüten Sie sich davor!

Wer ist Gott? Läuft er, sitzt er, fliegt er? Hat er Schuhe an, Holzpantinen? Oder Sandalen wie sein Sohn? Oder gar gemütliche Pantoffeln? Hat er eine Bassstimme, ist er Tenor? Und warum ist gerade Gott Gott und nicht beispielsweise der Großvater meines Nachbarn? Da bekommt man dicke Augen, jawohl, meine aufmerksamen Leser.

Wie man doch wieder gesund werden will! Und die Narben sollen verheilen, weil das Leben nun doch mal die feinste Sache im Leben ist. Das geht einem immer mehr auf. Und dann gibt es diese undankbaren Zyniker, die kerngesund herumlatschen und das Leben durch den Dreck ziehen! Ich ziehe das Leben im Krankenhausbett gewiss nicht durch den Dreck, ich preise es! Dass es zum Himmel schallt und zurück.

Vor meinem Elternhaus stand immer ein alter Holzpfahl, der ist 65 Jahre alt und sehr morsch geworden, vom Specht und von den Kletten, und wird jetzt durch einen anderen ersetzt, erzählte mir meine Schwester. Der Mast trug oben an der Spitze für die in unser Haus führende Lichtleitung kleine, weiße Porzellanisolatoren. Einmal stieg sogar einer vom E-Werk mit Steigeisen den Pfahl hoch, ein Ereignis, das mindestens 20 Kinder gierig verfolgten, denn alle lauerten darauf, dass der Steiger abrutschte.

Vor allem aber trug der Pfahl eine kleine, schwarze Blechlaterne. Und die klapperte uns an windigen Tagen was vor, die ganze lange Jugendzeit. Das Klappern hielt uns alle bösen Geister fern. Seltsamerweise höre ich das Klappern noch heute. Einmal habe ich's sogar im Krankenhausbett gehört, nachts halb vier, und draußen war's eiskalt. Zwei Tage später bin ich entlassen worden.

So eine alte, klapprige Blechlaterne wünsche ich allen im Leben. Denn das Leben – es bleibt trotz allem unheimlich empfehlenswert.